中国专业作家作品典藏文库

中国专业作家作品典藏文库
石钟山卷

地下地上

石钟山 著

中国文史出版社

图书在版编目(CIP)数据

地下地上 / 石钟山著. -- 北京 : 中国文史出版社,
2023.3

(中国专业作家作品典藏文库. 石钟山卷)

ISBN 978-7-5205-3457-4

Ⅰ. ①地… Ⅱ. ①石… Ⅲ. ①长篇小说-中国-当代
Ⅳ. ①I247.5

中国版本图书馆 CIP 数据核字(2021)第 266101 号

责任编辑：蔡晓欧

出版发行：**中国文史出版社**
社　　址：北京市海淀区西八里庄路 69 号院　邮编：100142
电　　话：010-81136606　81136602　81136603（发行部）
传　　真：010-81136655
印　　装：北京新华印刷有限公司
经　　销：全国新华书店
开　　本：720×1020　1/16
印　　张：14.75　　　字数：170 千字
版　　次：2023 年 3 月第 1 版
印　　次：2023 年 3 月第 1 次印刷
定　　价：55.00 元

目　录

乔天朝……6
王晓凤……15
天上掉下个林妹妹……22
王迎香……26
乔天朝和王晓凤……31
敌后……35
枪……43
大战……57
重逢……63
组织……68
锄奸……78
改变……91
撤离……101
战地黄花……106
北上……116
结婚……142

转业 …………………………………………………………………… 147
公安局 …………………………………………………………………… 154
军统特务 …………………………………………………………………… 160
“001”的日子 …………………………………………………………… 170
抗美援朝 …………………………………………………………………… 177
军统特务 002 ……………………………………………………………… 184
落网 …………………………………………………………………… 198
王迎香转业 ………………………………………………………………… 202
军统特务 001 ……………………………………………………………… 209
尾声或开始 ………………………………………………………………… 224

东北的战局一时就乱了。

先是四平被一举攻克，长春被围困几个月后，十几万人的守军举着白旗，踉跄着从城里走了出来。东北就剩下沈阳和锦州两个重镇了。东北能不能守住，就看沈阳和锦州的保卫战了。四平失守，对东北的战局太关键了，共军把四平拿下了，等于扼住了东北守军的喉咙，陆路的支援是指望不上了，现在只剩下营口、葫芦岛海上的交通要道还被国军牢牢控制着。

在蒋委员长的眼里，东北战局是一枚重要的棋子，内战能否取胜，东北是个龙头。几年前，他就派出重兵，和共产党抢着从日本人的手里接收城市和要地。

那时的东北很乱，日本人刚刚投降，日军兵营里哭喊声一片，家属和垦荒团都挤在昔日威严的兵营里，兵营几乎成了日本人的避难场所。昨日还迎风招展的膏药旗不见了，现在到处是一片狼藉，一幅灾难的景象。

国民党和共产党的队伍都还没来得及抵达这里，苏联红军负责接管城市和要塞，苏联红军的队伍毕竟人数有限，就是有三头六臂，也接管不过来。光复后的东北，一时处于群龙无首的境地。后来，国民党和共产党的部队闻风而动，纷纷派出各自的部队抢占东北，一直到苏联红军撤出，内战接着就打响了。两党为了各自的利益和前程，翻脸了，这就意味着，国共第二次合作宣告破产。

蒋委员长不惜重兵，将郑洞国、杜聿明等名将派往东北。东北的局势起初对国军是有利的。共产党的队伍在陈云等的指挥下，只在北满、黑龙江一隅占据一些地盘。当时的国军上下对拿下东北信心百倍。却不料，几年之后，局势就发生了天翻地覆的变化。长春和四平的失守，让东北这盘棋发生了质的改变。

蒋委员长为振作东北守军的气势，乘专机直抵兵荒马乱的沈阳，并做了重要指示：东北战局关乎全国的形势，东北守军要重整河山，死守东北，不成功，便成仁。蒋委员长不仅嘴上打气，行动上也是孤注一掷。他相继派出了援军，陆路走不通，就派船从天津、秦皇岛码头出发，直抵营口和葫芦岛。有了援军，东北的守军似乎就看到了希望。

蒋委员长蜻蜓点水似的，在沈阳停了一下，挥了挥手，不带走一片云彩，紧锁着眉头又走了。

他还有很多事情需要操心，东北、华东他都需要重新布防，万一东北守不住呢？当然，丢失东北并不可怕，可怕的是把整个中国丢了。那会儿蒋委员长的心里是充满底气的。他手里毕竟还有几百万大军，中国大部分的领土也都被国军控制着。他做梦也不会想到，两年后，他会带着一批残兵败将，灰溜溜地逃往孤岛台湾。

蒋委员长离开沈阳的第二天，军统局东北站中将站长徐寅初，召集本站的军统人员开了一次会。徐站长四十出头的年纪，眼仁呈深褐色，一副深不可测的样子。他的样子长得有些像中东人，别人一激动脸色绯红，他激动时，脸却是白的，有些铁青色。昨天，他在沈阳机场受到了蒋委员长威严的接见。他恭恭敬敬地给蒋委员长敬了个礼，喉头哽咽着唤了声：校长。徐寅初是黄埔四期的学生，一直把蒋委员长的栽培当成荣耀，不论是公开场合还是私下里，黄埔军校出来的学生都愿意称蒋委员长为校长。这般称谓，从感情上说是多层次的，也是复杂的。喊完了校长，蒋委员长漫不经心、例行公事般向他伸出了戴着白手套的右手。他握住了，想用些力，却不敢，就那么不深不浅地擎着。蒋委员长就说：寅初，东北战区不利啊。

顿时，他的眼里冒出了泪花，打了个激灵后，他双腿一并，哽着声音说：校长放心，徐某愿与东北共存亡。他说得发自肺腑，掷地有声。蒋委员长却极其平静，只微微点了点头，类似这样的话他听得太多了，可结果又怎样呢？败仗还不是接着打？不是溃不成军，就是扯起了白旗。这样的话，对久经战事的蒋委员长来说，已经是水波不兴了。

徐寅初部长是兴奋的，甚至可以说是亢奋的。校长亲临前线，风风火火地来了，又风尘仆仆地走了。他望着蒋委员长的座机缓缓地飞离了沈阳上空，他冲着专机远去的方向，在心里暗自发誓：校长，您放心吧，徐某愿与东北同在。他只恨手里没有兵权，如果这会儿交给他一支队伍，他可以冲在最前线，用鲜血和生命报效校长的栽培。可惜，他只是军统站的站长，听起来吓人，手里却只有五个人可以派上用场。

徐寅初站长在开会前仔细地把自己的手下挨个儿看了一遍，再看了一眼自己的助手兼特别行动科科长，国军中校乔天朝。记得乔天朝刚到东北部报到时还是个小伙子，一脸的莽撞和青春，经过几年的磨砺，乔天朝的军衔从上尉升到中校，人也老成了，唇上的胡楂儿硬得扎手，很像他的年龄。

徐站长的目光又从乔天朝的脸上滑过，落在尚品的身上。尚品是机要室主任，一双眼睛溜圆，不知是职业养成的习惯，还是生性多疑，他似乎对谁都充满了戒备，眼睛盯了人骨碌碌乱转，让人很不舒服。

军统站另一个重要人物就是马天成了，官职上校，执行队的队长。他和徐站长是创建军统东北站的元老，年龄并不大，只有三十五六岁的样子。但在东北站，除了徐站长，他是资格最老的人了，也是徐站长最信得过的人之一。据说他还曾救过徐站长的命。马天成和徐站长感情不一般，众人在日常生活中已有领教。

徐站长召集军统局东北站的人开会，目的只有一个，为了表示军统的人和东北共存亡的决心。徐站长命令，军统站的人把家眷全都接到沈阳来。这就意味着断了大家的后路，没了后路，大家将一心一意为党国尽忠。

徐寅初为了表示自己的忠诚，已派人去徐州老家接家眷去了。徐州不仅有夫人，还有他的一对儿女。徐站长掐指算着，两天后一家老小就可以从徐州动身，坐火车到天津，然后乘船抵达葫芦岛，再辗转坐汽车到沈阳。不出意外，一个星期就可以到达。他命令自己的手下，要克服所有困难，半月之内务必使家眷们赶到沈阳。命令就是命令，大家即刻行动起来。接家眷到沈阳，对军统局的人来说并不是什么难事，他们只须一纸电报发到南京总部，总部的人自然会办好。如果需要，还会派部队一路护送。这是战事的需要。

散会后，乔天朝有些发呆。直到徐寅初的手拍在他的肩上，他才恍过神来。徐寅初冲乔天朝淡然一笑，道：这次让弟妹来沈阳，有什么困难吗？

醒过神儿的乔天朝，双脚一并，正色道：站长放心，她一定准时来，为党国尽一份力。

徐寅初笑笑，意味深长的样子。

乔天朝

三年前的乔天朝还是八路军的一名侦察连连长，确切地说乔天朝并不是他的真名，他的真名叫刘克豪。乔天朝是那个奉命去东北军统站报到的上尉参谋。那个名叫乔天朝的上尉参谋，是在八路军挺进东北的路上被俘的。俘虏乔天朝的正是刘克豪的侦察连。刘克豪所在的八路军独立三师，已经在鲁西南根据地打了几年游击了，队伍由弱到强、由小到大。三年前日本人投降了，那时部队放了三天假，他们在联欢了三天后，突然接到延安总部的指示，让他们独立师开赴东北，和国民党抢时间接收光复后的东北。当时已经有八路军的先头部队挺进东北了，并和那里的苏联红军接上了头。他们这个师出发几日后，由陈云等率领的主力部队也从延安出发了。

上尉乔天朝是在河北境内被刘克豪的侦察连俘获的。乔天朝一副商人装扮，戴礼帽，穿长衫，正在前往东北沈阳赴任的路上。一个月前，乔天朝在重庆国民党陆军学院进修届满，日本人就投降了，蒋委员长电谕全国的国民党部队就近接收日本人统治的领地。他们这一届学员便都派上了用场。当时的东北战区军统站刚宣布成立不久，只有徐寅初站长和马天成两个人，站里急需用人，乔天朝便顺理成章地被派往东北。乔天朝从重庆出发，辗转着向东奔赴。每到一地，都有国民党的部队专人接送。他手里握着国民党军统局的公函，所到之处都受到特别照顾。到达保定后，他突然心血来潮，想回家看看。他的老家就在保定附近的一个县里。父亲在北伐时期，曾在这里做过县长，他就是那个时候被父亲送到国民革命军的。那一年他初中毕业，才十六岁。少小离家，一走，就再也没有回来过。十几年的时间，如白驹过隙，今天重新踏上家乡的土地，少年时的记忆袭上心头。他是从山西太原辗转到保定，到了保定地界，就该由这里的守军一路护送。在没回家前，他不想先惊动保定的国民党守军，如果那样的话，会很麻烦，也不自由，宴请是少不了的，废话也不会少说。一路上他就是这么过来的，军统局的人到哪里都很吃香，他们可以手眼通天，稍有不满，一个报告就可以打给总部，那对方就吃不了兜着走了。

在当时，兵荒马乱的情况下，哪个国民党要员的手脚是干净的？平时大家都是睁只眼闭只眼的，你好我好，大家都好。你不说，我不说，大家相安无事，但有人把事捅到上面去了，这就是个事了。军统局的人，就是负责这些事的人，在战时情况下，他们都握有生杀大权，可以先斩后奏，也就是说，军统局是怀揣尚方宝剑的一群人，走到哪里，没人敢轻视。

乔天朝一路上舟车劳顿，被迎来送往的搞得已经疲烦了，从山西一踏上河北地界，他就真的开始思乡了。虽然这些年没断了和家里的联系，但战事纷乱，也是有初一没初五的，有时一封信辗转半年有余才能收到，也是只见其字，不闻其声。十几年的思乡烈火炙烤、煎熬着乔天朝，胆大艺高的乔天朝突然做出了一个违背常规的决定，先不和保定的国军照面，直接回家省亲。这就给他几天后的被俘埋下了伏笔。刚到保定地界，他就把山西护送他的人马打发走了，急不可耐地租了一辆车马上往家乡赶去。家乡的县城离保定只有二十几公里，两三个小时也就到了。

到了家里才知道，父亲已经不在了，家里只剩下母亲和还没有出阁的妹妹。一家三口人抱头痛哭一场后，乔天朝对着物是人非的家就有了许多的感慨。自己离家参加革命时，父亲和母亲还满头青丝，十几年后回来时，父亲不在了，母亲也是银丝覆黑发。看到苍老的母亲，他真想留在家里为她养老送终。当他的手无意中触碰到怀里军统局的委任状和手谕时，一下子又感受到了肩上的责任。这时的他清醒了一些，自己回到家里已经两天了，说不定保定方面都急疯了。思乡和对亲人的渴念得到了缓解，使命的担子重新又回到了肩上，他真不敢再耽搁了。他让妹妹领他去父亲的坟头上烧了些纸钱，就抱着父亲坟上的石碑，撕心裂肺地哭喊了几声“爹”。然后，挥手向母亲和妹妹告别，一步三回头地向保定方向走去。

就在那天的黎明时分，独立师的侦察连作为挺进东北的先头部队途经这里。一路上，独立师没进过城市，这里的大部分城市都被国民党的部队接管了，进城就会引起不必要的摩擦，况且他们的任务是火速赶到东北，和国民党抢时间，接收日本人留下的弹药物资。于是，他们只在城外兜了个圈子就北上了。

如果，乔天朝大大方方地在路上行走，刘克豪就不会对他起疑心，而此时的乔天朝一副商人打扮，穿长衫，戴礼帽，匆匆地走在乡村的土路上。正因为他是个训练有素的军人，潜意识让他多了份机警。侦察连分成三组，每组相隔一段距离，轻装前行，昼伏夜行，目标越小越好。侦察连的任务就是在前面寻找一条最佳的前行路线。没想到在这黎明时分，刘克豪带领的侦察连和乔天朝巧遇了。

乔天朝凭着一个军人的警觉意识到了有情况。他一闪身，躲进了路旁的树林里，同时把枪拔了出来。他不知道这是个什么样的部队，但他察觉到了潜在的危险。他的这一举动，被刘克豪感觉到了。他向同伴做了个手势，所有人都停下来。他冲身边的两个战士耳语：跟我来。便弯着腰潜进了乔天朝躲进去的那片树林。

乔天朝谛听了会儿动静，发现并没有什么，便以为自己听错了。他吁了口气，又观察了一会儿，仍没见异常情况。他收起枪，准备走出树林，重新赶路。刘克豪的枪口却已经顶在了他的头上。

乔天朝的身份很快就被弄清了，他想抵赖也没用，他身上的委任状，还有档案，以及军统局的公函足以证明他的身份。但如何处置乔天朝却成了独立三师最头痛的问题。此时，表面上国共已是第二次合作时期，虽然为了接收日本人投降后的城市和物资，国共两支部队已经有了摩擦的迹象，但还没有彻底翻脸。如果在战时，处理乔天朝的问题就容易多了。于是三师的一份加急电报发到了延安，他们要向延安方面请示后，再做决定。乔天朝看清了抓获他的这支部队是八路军时，心安了许多。在国共合作时期，他们彼此称为友军，训练有素的乔天朝已经意识到国共之间的合作，在眼前的态势下已是名存实亡。从他被匆匆派往东北，以及国民党的种种迹象上来看，国共一战在所难免，虽然是这么说，但毕竟还没有开战。也就是说，现在他们还是友军，亮明自己的身份倒也无妨。于是，他把自己的身份和盘托出了。

几个小时后，延安方面来电。第一封电报的内容是这样的：这人很重要，不要轻易处置。又几个小时后，第二封电报发到了三师：日军投降，战局迷乱，东北尤甚。国共合作即将破裂，此人的军统身份对我方很重要，借胎还魂，我方人员可打进东北局内部，对日后的东北局势至关重要，现全权委托三师处理此事。万万小心，不留后患，切切。

延安总部的命令，让侦察连连长刘克豪摇身一变，成了军统上尉乔天朝。刘克豪化身乔天朝对他来说并不是件轻松的事。他详细阅读了乔天朝的档案。为了更真实地走进乔天朝，他在一个农户家里，与乔天朝面对面地做了交流。十几年的军旅生涯，把乔天朝锤炼成了标准的军人。此时的乔天朝身份有些复杂，国共合作的美丽幻影即将破灭，但国共两支军队仍然互称着友军。乔天朝阴差阳错地撞到了独立三师的枪口上，当他看清眼前这支队伍是八路军时，他松了口气。不管将来如何，八路军还算得上是友军。他沉稳了下来，并亮出了自己的身份，他以为这样，八路军会很快放人，让他尽早踏上去东北赴任的行程。没想到，八路军对他很客气，不说让他走，也不说留人的话。后来，刘克豪就出现在他的面前。两个人四目相对地审视着对方。他觉得刘克豪是个怪人，就是这个人把他带到八路军师部的。那会儿，两个人在路上基本没有说话，一个由前面走，一个在后面跟。现在，刘克豪又出现了，用很怪的目光打量着他。他起初怀疑自己的身上、脸上出了什么问题，待仔细地看过，发现并没有什么纰漏时，才抬眼正色地望着刘克豪。眼前这个人让他有一种威慑感，同时也有一种亲近感。这一切都源于对方的那种职业的味道，这种味道只有惺惺相惜者才能够感受得到。于是，乔天朝也望着刘克豪。刘克豪盯着乔天朝的眼睛说话了：你叫乔天朝？

乔天朝没点头，也没有摇头。

好，不错的名字。刘克豪挥了一下手。

乔天朝咧了咧嘴，然后道：名字是爹妈给的，无所谓好不好。

刘克豪在乔天朝的眼神里感受到了，这是个颇具英武之气的军人，甚至他还感受到了一股冷冷的杀气。很好，他在心里说。他喜欢这样的人，为国军也有这样的人才感到有些痛惜，如果乔天朝是自己的战友，那结果又如何呢？

乔天朝不卑不亢地道：我还有公务在身，请问贵军何时放我走？

刘克豪微笑着说：何时放你走，我说了不算。我就是想和你聊聊。

乔天朝别过头去，望着房间的一角，不再说话了。

刘克豪看了一眼乔天朝，又看了一眼，出门时冲乔天朝挥了一下手，虽然没有多说什么，但凭这一点，他觉得自己完全理解乔天朝是什么样的一个军人了。

起初师长把这个任务交给他时，他有些吃惊，也感到有些突然。这几年他没少和国民党的部队打交道，尤其是那些下级军官，总觉得那些人的身上大都沾染了兵气和匪气，这是让他无法忍受的，而乔天朝让他改变了这一印象。他在乔天朝身上嗅到了一种职业军人的味道，虽然短短的几分钟，却让他有些喜欢上乔天朝了。

后来，他来不及多想，也没有时间去细想，他怀揣着军统局的委任状，带着乔天朝的档案，出发了。也就从那一刻开始，他由刘克豪变成了乔天朝。

他先是和保定的守军接上了头，然后由保定到北平，又从北平到山海关，最后来到了沈阳。一路上都有专人护卫，可以说是受到了高度重视。这一路下来，他渐渐进入了角色。在八路军时，他听说过军统局，但从没与其打过交道。他没想到，军统局在国民党的队伍里会受到如此礼遇。

刘克豪现在是乔天朝，是军统局的上尉。他时时刻刻提醒着自己的身份，一路马不停蹄地前行，受到高规格的恭迎和欢送，每到一处，上校和少将都对他笑脸相迎。每次宴请，他都坐在主宾的位置上，恭维的话语如蝗虫般飞进他的耳鼓。刚开始，他还有些不适应，举手投足间颇为拘谨，尽力做到少说多听，能不说的就不说，酒万万是不敢多喝的，喝也只喝三小杯，别人再劝，他就用手把酒杯护了，然后说：不胜酒力，到此为止。

敬酒的人也就笑一笑，他话不多讲，酒不多喝，场面自然就有些冷清。他觉察到了，便说：你们随意。别人并不随意，在军统局的人面前，他们无论如何也不能放肆，就一律微笑着，没话找话，说些无关紧要的话，说认识重庆的某某要人。这些人所说的某某在重庆都是混得不错的，身居要职。他对那些要人的名字自然是陌生的，他就点点头，问得深了，便说：这人见过，不熟。别人就不好再问了，打着哈哈也就过去了。

一路上就这么过来了，他不担心路上的问题，他担心的是军统局的站长徐寅初，他那一关能否过去，才是至关重要的。好在从乔天朝提供的信息里，可以肯定乔天朝和徐寅初并没有打过交道，更不认识。徐寅初是老军统了，乔天朝则是刚入军统大门的新兵。这样一来，他心里就有了底。况且，日本人刚投降，全国的局势还很乱，东北的局势更乱，苏联红军、国民党的部队、东北自治联军，三足鼎立，都在为各自的利益抢占有利地形。

徐寅初当时还是少将，在最初的一年多的时间里，对他是心存戒备的，不断地发电报，向重庆方面核实情况，幸好当时的交通和通信的不便为刘克豪帮了大忙，否则穿帮是早晚的事。刘克豪在纷乱的局面中，一点点地走近了乔天朝，也走进了军统局东北站的核心。

三年下来，乔天朝已经由最初的上尉变成了中校了。他由新军统变成了资深的老军统了。在东北国民党军界中，都知道乔天朝的名字。如果东北的局面一直这样下去，他就会一路顺风顺水地走过来。没想到只三年的时间，东北的局势急转直下，迫不得已，国军要在东北背水一战了。

中将站长命令军统局的人把自己的家眷接来沈阳，徐寅初这么做的用意，是要让部队看看军统局的决心。他这决心下得狠，但对刘克豪也就是此时的乔天朝来说却一点也不轻松，甚至有些沉重。他在乔天朝的档案里了解到，乔天朝是有妻子的，此时就在徐州，是一家慈善医院的护士。

那天傍晚，乔天朝走出了军统局东北站的二层小楼。他走过了一条街，在街角买了一盒老刀牌香烟，从中抽出一支，一边吸着，一边又向前走去。前面有个要猴的人，在表演猴子爬杆，地上铺了一块布，布上散碎地扔着一些零钱。再往前走，就是那个雷打不动，拉手风琴的阿廖沙了。阿廖沙是个俄国人，人很高大，怀里抱着的手风琴就显得很小。他闭着眼睛拉琴，不管有没有人听，他拉他的，地上倒放着一顶帽子，帽子里已经有了一些零钱。乔天朝走过去，看着阿廖沙拉琴，神情很专注。过了一会儿，又过了一会儿，他走过去，从兜里掏出一些毛票，不经意地扔到阿廖沙脚边的帽子里，临走时似乎还叹了口气。然后，头也不回地向前面一个茶馆走去。

阿廖沙在乔天朝的身影消失后，停止了拉琴，嘴里嘟囔着收起脚边的帽子，把那些零钱装在裤兜里，背上琴，然后又变戏法似的从身上掏出瓶酒，一边喝着，一边走开。

王晓凤

王晓凤是徐州会战那一年认识的乔天朝。乔天朝负伤后，被慈善医院救助，也就是在那里他结识了护士王晓凤。两年后两个人结了婚。身在行伍的乔天朝过着奔波动荡的生活，王晓凤就一直留在徐州的慈善医院做护士。这是上级组织后来在乔天朝那里了解到的。

徐寅初站长的夫人是第一个来到沈阳的。徐寅初是苏北人，日本人没来之前，他就在上海卫戍区搞情报工作。搞情报的人，经常出入一些平常人很少光顾的地方，比如夜总会等。三十年代的上海滩，夜总会异常繁华，灯红酒绿，有着夜巴黎之称。他在夜总会收集情报时，顺便就认识了现在的夫人沈丽娜。当时的沈丽娜正是豆蔻年华，二八少女，虽说不上倾国倾城，但也算得上是美貌女子。徐寅初也是二十多岁，血气方刚，认识舞女沈丽娜，并把她搞到手，也不是件什么难事。身为舞女的沈丽娜，能找到卫戍区的人做靠山，当然也是求之不得。于是，两个人一拍即合。没多久，徐寅初就娶了沈丽娜。从此，她就告别了灯红酒绿的夜总会，一心一意地当起了夫人。直到淞沪保卫战失利，她才随徐寅初逃到了重庆，并在重庆生下了他们的孩子，是个儿子，今年已经三岁了。

几年前，徐寅初奉命组建军统东北站时，就考虑过把老婆孩子接过来，但那时的东北局面很乱，他想看看再说。让徐寅初没有想到的是，东北这盘好棋，竟让国民党给下输了，而且输得很惨。为了挽回败局，他孤注一掷地让沈丽娜来到自己身边。他想让国民党那些指挥官看看军统局这些人的决心，不成功便成仁的架势，更是让人感受到了徐寅初的悲壮。

沈丽娜这次从重庆来到沈阳，并没有把自己三岁的儿子带来，而是把孩子和保姆留在了重庆，到底是女人，她是为自己、也是为丈夫留了一手。徐寅初并没有因此怪她，不管怎样，在战局纷乱的当下，毕竟沈丽娜义无反顾地到来到东北，和党国站在了一起。

军统站的女人们纷纷地来了，机要室主任尚品是天津宝坻人，夫人也是宝坻人，说话粗门大嗓的，一口天津腔。

执行队队长马天成的夫人也来了。马天成的夫人是山东人，缠过足，后来又放开了，但夫人的脚仍比正常人小一号，被人叫了绰号“半脚”。半脚姓刘，叫刘什么似乎没人记得，众多家属当面背后地都叫她刘半脚。刘半脚是典型的山东妇女装扮，发髻挽在脑后，簪了簪子。对襟的粗布衫，因为脚小，走起路来就有些趔趄。

军统站的家属院就设在办公楼的后院，那里有一排青砖平房，每两间房子还有院墙隔了。东北没光复前，这里曾是日本人的营地，这个院子也是日本军官的家属院。院子的格调就显得有些特殊，既有典型的中国风格，也有着日本特色。

徐寅初站长在家属们差不多到齐时，亲自来到军统站的家属院，隆重地接见了这些远道而来的家属们。他的神情很真诚，以一个标准军人的姿态站在手下和他们的女人面前，肩上的两颗星，在日光的照射下，熠熠生辉。他说：为了党国，让你们辛苦了。东北战局纷乱复杂，这时候让你们来，我不说，你们也明白，是党国需要你们，我们这些军人需要你们。只要我们精诚团结，是可以挽回东北战局的劣势的。我在这里谢谢你们了。说完，他给这些高高低低的女人们深深地鞠了一躬。夫人沈丽娜在上海的十里洋场也算是见过世面的，她带头鼓起了掌，女人们也跟着拍起了巴掌，声音长短不齐，高高低低。

人们发现徐寅初站长直起身的时候，眼角带着星星点点的泪光。

乔天朝的夫人还没有来，这些日子徐寅初一直用疑惑的目光望着乔天朝。徐寅初当时命令家眷来沈阳时，是让机要室主任尚品密发了电报的。电报是发往这些夫人驻地的驻军司令部的，请示他们协助把家眷们送到东北。军统局的事无小事，任何单位收到这样的电报都不敢怠慢，星夜兼程，一站又一站地把家眷们送到了目的地。

徐州的驻军也收到了以军统局名义发来的这样的密码电报，他们依据电报中提供的信息轻而易举地找到了慈善医院里的王晓凤。王晓凤正值夜班，丈夫乔天朝工作的变动她是知道的，嫁给乔天朝后，这种聚少离多的日子她已经适应了。丈夫乔天朝今天这里、明天那里地总在不停地调动，部队上的事她说不清楚，但她明白，军人就该服从命令。她真希望这仗不要再打了，让乔天朝回到自己身边，让他们平静地过上平常人的日子。没想到盼星星、盼月亮地盼来了日本人投降了，她以为这仗就不会再打下去了，乔天朝也该回到她身边了，最终却是竹篮打水一场空。内战又全面爆发了。

丈夫乔天朝在东北，东北的局势成了她关注的焦点，每一丝东北的消息都会牵扯她敏感的神经。当一位少校找到她，并出示了军统局的电报时，她的心又忐忑起来。

她是第二天中午时分被人护送出发的。一辆吉普车，还有那个少校。少校是个少言寡语的人，几乎没有和她说几句话。吉普车颠簸着，她的心也在颠簸着。这会儿，她脑子里想的都是乔天朝。乔天朝自从去了东北，她便没有再见过他。偶有信来，也是只言片语，因为战事，通信一直不畅，有时一封信在路上要走上几个月，甚至是半年。

路上，她辗转着换了几次车。后来她才知道，每一支队伍都有自己的防区，她每次都在防区的边缘被下一支队伍接去，仿佛是一场接力比赛。好在一路上并没有什么风险，除了辛苦一些，一切都还正常。

驻扎在河北的部队刚接到她不久，吉普车摇晃着驶上了山路。她知道过了河北就快到东北了，她还知道，自己的丈夫乔天朝就是河北保定人。想到这儿，心里便有了一丝甜蜜。

就在这时，吉普车突然停了下来，原来是一棵倒下的树拦住了他们的去路。车上的司机和一个上尉跳下车去搬那棵树时，路旁的草丛里跳出了几个全副武装的军人。她和两个护送她的人被蒙住了眼睛，跌跌撞撞地被带到了山里。

阿廖沙又开始在街头卖艺了，他用俄语大声地唱着《喀秋莎》。一个俄国人，在即将到来的大战前的沈阳街头，唱着舒缓的民歌，无疑成了街头一道别致的风景。不论有没有兴致的人，走到阿廖沙面前都会停下脚步，看上阿廖沙几眼，或者怀着同情的心态，向他摆在脚边的帽子里扔进几张毛票。阿廖沙用歌声回报着注意到他的每一个人。

乔天朝就是在这时出现在阿廖沙面前的。机要室主任尚品请他吃了顿便饭，理由是尚品的夫人终于平安地到了沈阳，而乔天朝的夫人还没有到。在这之前，站长徐寅初曾密令机要室主任给徐州方面发过密电，询问乔天朝夫人王晓凤的情况，徐州方面很快回电告知，王晓凤已于一周前被护送离开徐州，正在前往东北的路上。军统局做的就是秘密工作，一点纰漏也不敢出。军统局东北站是在战事中临时组建的，徐寅初对杂拼起来的手下们有很多都不大熟悉，他不能不多一个心眼。共产党的情报工作，他不能不防。在上海，他吃过日本人的亏；在重庆，他也吃过共产党的亏；现在到了沈阳，他不能再吃亏了。东北战局成败在此一举，他不能在紧要关头，让他们军统站出什么岔子，那可是掉脑袋的事。在徐寅初的授意下，安排尚品夫妇宴请乔天朝。这次宴请按徐寅初的安排有两层意思，一是摸一摸乔天朝的底，另外一层也是安慰一下乔天朝。毕竟别人的家属都到了沈阳战区，只有乔天朝的夫人王晓凤还在路上颠簸着，是否平安，谁都没有个定数。

这些日子以来，乔天朝的内心是焦灼的，情报已经送出去了，他不知道组织会如何安排，但他相信组织会将一切安排好的。他从刘克豪变成乔天朝后，便直接归东北局管了。为了他，这里设了几个交通站，目前他启用最多的还是阿廖沙这条渠道。首先，阿廖沙是俄国人，在当时的东北，散居了许多像阿廖沙这样的俄国人，阿廖沙沿街卖唱，接触起来也灵活方便。一天天过去了，组织上还没有一点消息，眼见着军统站的夫人们都到齐了，唯独他的夫人王晓凤还没有出现，这几天他已经感受到了来自方方面面的压力。他身处军统局，明白潜伏在他周围的一双双鹰眼，正警觉地窥视着他。窥视别人是他们军统局的工作，不仅窥视别人，就是自己人也同样不会放过。在军统局工作，如同进了狼窝，前些日子执行队队长马天成无意中说了一件事，他在天津站工作时，一个机要员误发了一份电报，马上就被枪毙。军统局就是这样，稍有闪失，就会遭到被捕枪决。每一个人都是提着头过日子。

刘克豪现在最担心的就是在王晓凤这个环节上出现闪失。当延安总部命令他顶替乔天朝打入敌人内部时，他就感受到了肩上的担子。按照他的本意，是不想做这种地下工作的。他喜欢面对面地在战场上和敌人交锋，凭着勇敢和豪气就能取得一场战争的胜利。自从打入军统局，他的神经一天也没有放松过，既要取得军统局的人上上下下的信任，同时还要做出成绩来。两年前，在临江他亲手处决了一名畏缩不前的团长，临时接管了部队的指挥权，部队一鼓作气，攻占了临江外围的一个小村子。也正因为拿下了这个有利的据点，在和共军的拉锯战中，赢得了时间和兵力调度上的优势。也就是那一次，他立了功，军衔从上尉晋升为少校。

第二次是在四平保卫战中，他亲临部队督战。前三次四平都守住了，没有让共军占得一点便宜，第四次则是在内无援军、外无救兵的情况下，部队无奈地撤出了四平，那真是一场血战。在这场四平保卫战中，他的军衔又从少校晋升到了中校。这一切似乎得到了徐寅初和军统东北站上上下下的信任，可他的心里却一点也不好过。他本应是冲在部队最前面的，现在却是与敌为伍，不仅为敌人督战，还要献计献策，对付自己的战友。做这一切时，他心里的滋味可想而知。但是组织正是通过他的情报，巩固了北满的局势，四保临江和攻打四平时，他提供的敌军部署的绝密文件，也为我军的兵力配备和攻打战略起到了关键作用。东北局秘密地为他记了一次大功。刘克豪的档案里有着详细的记载。

那天中午，尚品一边劝慰他，一边陪他喝酒。窗外，阿廖沙的琴声搅扰得他一时难以安宁。他知道，阿廖沙在向他发出暗号，那首动听的《喀秋莎》就是有事要找他的信号。此时，他焦灼不安，但又不能让尚品看出来，于是就一杯杯地喝酒。尚品就宽慰他说：乔兄，夫人会平安到你身边的，别担心，好饭不怕晚。尚品说完，还很有内容地笑。

尚品陪他出来的时候，他差点踏空了楼梯。尚品一把扶住他，咕噜道：乔兄，你喝多了。

他笑了笑。来到大街上，就看到了在街角卖唱的阿廖沙，他和尚品来到阿廖沙面前，脚步就停下了。尚品拉了拉他的衣角道：乔兄，这有什么好看的，一个俄国人拉个破手风琴。

他又笑了笑，走到阿廖沙面前，不由分说地从阿廖沙的肩上摘下琴。阿廖沙似乎惊怔了片刻，不情愿地看着他把琴套在自己的肩上。他眯着眼睛，起劲儿地拉了一曲，他拉的是《我的家在东北松花江上》。这支歌不仅东北人会唱，许多的中国人都会唱。一曲完了，他把琴还给阿廖沙，还琴的时候，他知道阿廖沙会把一个纸条塞到他的衣服口袋里。然后，他拍着手走向尚品，一边笑，一边说着：尚兄，我喝多了。

尚品笑道：没想到乔兄还有如此雅好。

他顺势哈哈一笑。

纸条上用铅笔写着几个字：王晓凤明天到。

纸条里还包裹了一张很小的照片，照片上的女子浓眉大眼，正盯着他笑。他知道，这就是组织上派给他的夫人，此王晓凤非彼王晓凤。想着即将迎来的新战友，就要与他肩并肩地战斗下去，从此他将不再孤单。想到这儿，中午和尚品喝的那几杯酒也醒了大半。乔天朝怀着兴奋、甚至还有一丝优美的心情，期待着战友的到来。

天上掉下个林妹妹

王晓凤是被葫芦岛守军直接送到沈阳城内的。沈阳的守军在得知王晓凤是军统局乔天朝中校的夫人时，极其隆重、热烈地把王晓凤送到了军统局东北站。

还没有到吃中午饭的时间，徐寅初正在给军统人员开会，会议的中心议题是大战在即，他们要分头检查指挥官的行踪，发现立场犹豫者，格杀勿论。然后，徐寅初为手下做着具体的分工。就在这时，卫兵报告乔副官的夫人到了。虽然，乔天朝早就有所准备，但他听到这个消息时，心脏还是快速地跳动起来。他离开战友们已经几年了。这些年来，他无时无刻不在思念着自己的战友，回忆着在部队里的岁月。现在尽管与交通站保持着联系，传达着组织这样那样的指示和任务，但他毕竟远离了战友和集体，让他时常感到孤独无依。现在，终于有战友来到他身边，这不能不让他感到兴奋和不安。

他的脸有些白，转瞬又红了。起初的瞬间，他有些不知如何是好。徐寅初先是怔了一下，接着马上就笑了，他带头鼓起了掌，众人也跟着拍起了手。徐寅初一边鼓掌，一边说：乔夫人千呼万唤终于来了。走，我们一起去看看乔夫人。

说完，率先走了出去。徐寅初第一个来到了一楼的会客厅，他一眼就看到了坐在会客厅喝水的王晓凤。王晓凤见到徐寅初第一眼时，目光中掠过一丝惊慌，这是她的下意识。放下水杯，她缓缓站了起来，下意识地去寻找自己的战友。在这之前，组织曾给过她一张刘克豪的照片，那是一名战地记者在延安时为刘克豪拍的。当时的刘克豪还是个排长，刚和胡宗南的部队打完仗，部队在一个山坳里休整，确切地说，那是一张群像，照片中的刘克豪正冲战士们讲着什么。就是这张照片，在她的手里也只停留了十几分钟，因为这张照片是不可能带在她身上的。也就是那十几分钟的时间，她已经把刘克豪深深地刻在了脑海里。一路上，她都在用劲儿地去回想刘克豪的形象，当然，她知道此时的刘克豪叫乔天朝，是军统局东北站的中校副官。她越想记住刘克豪的样子，就越不太信任自己的记忆，刘克豪的模样就在她的记忆里一会儿清晰，一会儿模糊。

她站了起来，向徐寅初的身后望去。乔天朝原本想紧随徐寅初走进会客厅。他最担心的就是王晓凤不能及时认出他而张冠李戴，由此，所有的努力都将灰飞烟灭，牺牲自己无所谓，自从打进敌人的内部，他就已经做好了随时牺牲的准备；他是怕白白搭上了自己的战友，那样的话，就得不偿失了。谁知走到会客厅的门口时，他被马天成拉了一把，马天成挤到了他的面前，嘴里还说着：夫人来了，看把你急的。他犹豫的空当，尚品等人也从他的身边挤了过去。

徐寅初对拥进来的手下，挥了一下手，又看了眼王晓凤，抢着话头说：乔夫人，几年没见天朝了，看你还能认得出来吗？

说完，把身子一侧，几个人便暴露在王晓凤的视线里。乔天朝暗自一惊，和徐寅初共事几年了，看来还没有消除这个老狐狸的疑虑。惊诧过后，他的目光就和王晓凤的目光对视在了一起。王晓凤给他的感觉比照片上要清瘦一些，也许是凭着直觉，或者是别的什么，王晓凤一眼就认出了刘克豪。他比在延安时胖多了，人也更成熟了。假戏真做，各种开场的假设她都想过了。忽然，她就哽了声音，叫了一声：天朝。身子也往前迈了一步。乔天朝挤出人群，抖着声音说：晓凤，你终于到了。

王晓凤主动地拥抱住了乔天朝，她又叫了一声：天朝。这时，她的眼里竟含了泪水。

王晓凤离开队伍也有十几天的时间了，这十几天的时间里，她是一直跟着敌人一起过来的。一路上，接待她的都是敌军，虽然一路上受到了几乎是无微不至的关照，可她一点也不敢懈怠，神经一直紧绷着，生怕露出丝毫破绽，殃及刘克豪。东北大战在即，刘克豪所能提供的情报对这场战局来说至关重要，她不能因小失大，更不能出师未捷身先死。可以说，一路上她都是在紧张、劳顿中过来的，当她一眼认出自己的战友刘克豪时，抑制不住心头的激动，喉头哽咽，眼含热泪。在这种特殊的氛围中，战友相见，竟有了别样的感慨。对乔天朝来说，他的目光和王晓凤的目光对上之后，他一颗悬着的心就放下了，面对着战友的拥抱，他的鼻子也有些发酸。

一旁的徐寅初带头鼓起了掌，一边鼓掌一边说：我们军统局东北站最后一位家属来了，我代表党国感谢你们。在这种危难的时候，有你们这些甘于奉献的家属站在我们的身后，东北局面定会转危为安。国军在东北一定会东山再起。

众人又前呼后拥地把俩人送到了早就准备好的临时住所。当两个人独自面对时，乔天朝率先伸出了手，轻唤一声：同志，可把你盼来了。

王晓凤犹豫了一下，又在身后擦了一把手，这才把手伸过去。她对这样的场面有些不适应，乔天朝抓住她的手时，她竟红了脸，低着头说了一句：组织上让我协助你工作，这种工作我可没做过，以后还请你多指导。

说到工作，眼前的当务之急就是要找到做夫妻的感觉，不能让人看出一丝半毫的破绽。假戏真做却又谈何容易？乔天朝虽然深入到敌人内部已经几年了，在这几年中，上上下下他都了解清楚了，上到东北国民党部队的将领，下到少校以上的指挥官，他都能叫得出他们的名字，走到哪里，别人也都能认出他。在东北国民党部队里，他可以说是如鱼得水，可现在王晓凤将和他以夫妻的身份出现，他的心里一点底也没有。在部队上时，他曾听说过，为了打进敌人内部，我方同志经常假借夫妻的名义进行敌后工作，但也只是听说过而已。他从参军到现在，一直在队伍上南征北战，如果不是巧遇乔天朝，他现在仍然是刘克豪，带领他的侦察连，抓舌头，搞侦察，在大战打响时，带着队伍攻城拔寨。但他同时也知道，不管他们适应与否，两个人都要把假戏真做到底，不能有半点纰漏。

王迎香

昔日的王迎香，今日的王晓凤。王迎香的名字在鲁中南根据地可以说无人不知、无人不晓。老家是江苏邳州人，在徐州和枣庄的中间，这次组织上选中她冒充王晓凤，和她是邳州人不无关系。乔天朝的档案资料显示，他的夫人王晓凤是徐州人，如果不会说徐州话，就很容易暴露，在队伍里选择一个合适的徐州人并不是一件容易的事。王迎香老家刚好是邳州的，离徐州不远，口音也接近，于是就选择了王迎香。王迎香在鲁中南根据地是个很著名的人物，人们都知道鲁中南根据地有一位会使双枪的女游击队队长，日本人听了都要闻风丧胆。

王迎香所率领的游击队大部分都是女人，大多来自江苏和山东。几年前，南京和上海先后被日本人攻占后，便一直向北推进，先是占领了徐州，然后经过台儿庄血战后，国民党的队伍被迫撤出了。王迎香就是这个时候参加的革命。日本人来了，烧杀抢掠，一时间狼烟四起，便没有了太平日子。她是在一天夜里从家里逃了出来。当晚，日本人用枪托砸开一家又一家的门，寻找着花姑娘。王迎香知道与其坐等受辱，不如逃离，或许还有一条生路。

一路上，她碰到了好几个和她同等命运的姑娘。刚开始，她们不知道向哪里跑，遍地都是鬼子，哪里才是她们的憩息之地呢？她们感到茫然。一口气跑到山里，又遇到一些逃出来的女孩子，相同的遭际让她们走到了一起。从那以后，十几个姑娘流落在山里，靠野果和山泉活命。她们手持木棒，衣衫褴褛，像野人似的在山野里奔走。最初，这只是一群没有准确目的的女子，只为了躲过日本鬼子的奸杀，坚忍地活下去，直到后来遇到老魏率领的共产党的游击队，才算有了归宿。老魏的游击队有上百号人，几十条长枪短枪，他们扒火车，炸桥梁，白天黑夜地骚扰鬼子，在这一带很是红火。

老魏的游击队收留了她们，她们被编入游击队第九队，老魏还给她们配了几支枪。王迎香就是那会儿学会打枪的。在以后的日子里，第九小队和整修游击队一起开始了轰轰烈烈的游击战。著名的铁道游击队就是那个时候诞生的。第九小队因为都是清一色的女人，也被称为女子第九小队，她们走到哪里，都显得与众不同。后来，这支游击队在这一带渐渐有了名声，又有许多人加入进来。不少姑娘在见到第九小队的飒爽英姿后，更是踊跃参加，令第九小队兵强马壮。

经过几次战斗洗礼之后，王迎香被老魏任命为第九小队队长。那时的王迎香已经出落得丰姿绰约，年满十七的她，齐耳短发，腰扎皮带。浓眉大眼的王迎香已经是标准的游击队员了。最惹人眼目的还是她手里的双枪，枪是她带领第九小队端掉日本人的炮楼缴获的，腰间的皮带上左边插着短枪，右边也插着短枪，短枪的枪柄上还系了两块红绸，在腰上一飘一飘的。

日本人一提起老魏的游击队就头疼，游击队常常是打了就跑，化整为零，神出鬼没。日本鬼子两个连队，为这支游击队在山上、乡里扫荡了好几次，连游击队的毛都没有摸到。日本人头疼，中国人却很高兴，老魏的游击队在这一带很出名，而最出名的莫过于王迎香了，她在老百姓的传闻中简直就是女侠，手使双枪，抬左手，打右眼；举右手，射左眼。白天来，黑夜去，低飞高走，来无影去无踪。日本人重金悬赏，要拿下她和老魏的人头。那阵子，日本人占领区内的墙上、炮楼上都可以看到老魏和王迎香的画像。他们在日本人的眼里，无疑是眼中钉、肉中刺，而在老百姓的心里，他们就是这一方的神。

不幸的是，老魏在一次反扫荡中牺牲了。老魏死时连一句完整的话都没有说出来，只是把手里那把沉甸甸的二十响盒子炮递到了王迎香的手上。王迎香高一声、低一声地喊：魏队长，老魏……

但她并没有喊回老魏，老魏在她的怀里还是合上了双眼。

乱世出英雄。声名所负的王迎香做起了临时指挥官。她将部队化整为零，躲过了日本鬼子的第五次清剿。不久，组织上从延安给这支游击队派来了一名政委。政委姓李，叫李志，远大志向的意思，当然这名字是参加红军后起的。李志政委可以说久经革命的考验了，他从老根据地于都出发，历经千辛万苦，到达了圣地延安。到达延安后，组织上就让他到抗大学校进修。当时由于革命的需要，延安已成立了抗日军政大学，并建起了好几所分校。李志就是抗大的一名学员。上学前，他是红军连的一名连长，学习结束后，他就被派到这支游击队里任政委了。那一年的李志政委二十七岁，正是血气方刚。被派到游击队来做政委，最初他并不情愿，他想在正规军里杀敌抗日。但命令就是命令，最终他还是坚决服从了。当地下交通员驾着一叶小舟，载着政委李志在微山湖的芦苇荡里见到王迎香时，李志的眼睛亮了。到游击队之前，他曾听领导提过王迎香的传奇故事，但毕竟未见其人；现在的王迎香却是具体的、生动的，甚至超乎他的想象。那次，他伸出一双大手把王迎香的手握了又握。后来，还是王迎香甩开了李志那双热情的手，大着嗓门说：政委，你说以后咋打鬼子，听你的。

李志望着几近透明的王迎香，笑了。

接下来的峥嵘岁月是可歌可泣的，鲁中南根据地在不断扩大，这支活跃的游击队也滚雪球似的壮大了。百团大战之后，正规的八路军得到深入敌后、巩固扩大根据地的命令，化整为零，一时间，根据地星罗棋布。这支游击队经常配合大部队打一些大仗和硬仗。王迎香在这支队伍里也茁壮成长起来。日本鬼子此时已是四面楚歌。

终于，日本鬼子彻底投降了。

王迎香这支游击队被改编到刘邓大军的麾下，王迎香的编制为第三野战军三师野战部队的教导员，她的那些游击队员经过培训，有的成了野战医院的护士，有的成了救护队员，这是形势发展的需要。东讨西征的日子终于结束了。王迎香成为正规部队中的一员。

李志当时已经是三师五团的政委了。那一阵，李志有事没事都要到野战医院来看看。他骑着马，马蹄声嘚嘚的，一听到马蹄声，人们就知道李志来了。

王迎香和李志经过几年革命友谊，现在的感情已非同一般。王迎香一见到李志就会脸红，几日不见李志，她就显得心神不宁。二十多岁的姑娘，该明白的早就明白了。李志也割舍不下王迎香，只要他一有时间就打马飞奔到野战医院，看一眼王迎香，也顺便看一看昔日的战友们。

李志一出现，昔日那些女游击队员就起哄，一边叫着李志的名字，一边喊着王迎香，直叫到两个人面红耳赤为止。人们都知道，她们的教导员和李志政委在谈恋爱呢。两个人在哄笑声中，背过身去，迎着西逝的余晖，在山坡上走一走。

山坡上开满了叫不出名的野花，他们在花丛中深一脚、浅一脚地走。

李志说：最近还好吧？

王迎香低着头“嗯”一声。

李志还说：几天不到你这儿看看，心里就空落落的。

王迎香不答，脸上已经热辣辣的了。

李志又说下去：时间紧，就不多陪你了，我还要回去哪。

说完，他飞身上马。马跑了两步，他转过头，又冲王迎香说：我老过来看你，你不烦吧？

王迎香的脸被晚霞涂抹得通红。

李志的马飞奔而去。

这时的王迎香喃喃低语着：不烦哩。

如果不是接受组织的这一特殊任务，他们的爱情将一路高歌猛进。

乔天朝和王晓凤

徐寅初在王晓凤到来的那天晚上，很隆重地召集军统局东北站的所有弟兄为王晓凤接风。这一切当然少不了女人们的作陪，夫人们是精心修饰了面容，服装也是仔细挑选了，显得妖娆而娇媚。

王晓凤显然没有什么准备，还是来时的那身衣服。脸洗了，头梳过，神情中仍能看到旅途的疲惫。女人们凑在一起，叽叽喳喳地品评着彼此的着装，就连马天成的老婆刘半脚，也把平日里舍不得戴出的金戒指戴在了手上。

徐寅初一连咳了两声，才令夫人们安静下来。徐寅初对这些女人显然有些不满，他皱起了眉头。见众人安静了，才举杯道：军统局东北站的同人到了今天算是大团圆了。弟兄们别怪我在这个时候把你们的太太送到这风口浪尖上，别忘了，我们是军人，我们是在执行特殊任务。在此，我向所有为党国做出贡献的家属们敬杯酒，你们辛苦了。

说完，举杯一饮而尽。夫人沈丽娜第一个响应，她也喝下了杯中酒，对于在上海滩混出来的舞女，这种小场面简直就是小意思了。接着是尚品的夫人，就连刘半脚也咬牙皱眉地把杯中的酒喝了下去。

王迎香真是没有见识过这样的场面，她还没有从自己的角色中恍过神来，看着眼前这么多穿着军装的男人和明艳的女人，也就是说，在十几天前，这些人还都是自己的敌人，可现在当她看到面前的敌人时，她的手下意识地向腰间摸去，那里却空荡荡的。她猛然醒过来，发现乔天朝在用脚碰她的腿，她忙端起杯子，一时竟不知如何是好。她从来没有喝过酒，也没在这种场合吃过饭。她先是碰掉了筷子，又泼了杯中的酒。乔天朝不失时机地站起来，笑着冲徐寅初解释道：晓凤一路上晕车，现在也没缓过来呢，请您多担待。这杯酒我替她喝了。

说完，拿过王晓凤手里的酒杯，又重新满上酒，一饮而尽。

徐寅初从开始一直冷冷地看着，马天成和尚品也满脸的内容，那些女人们的目光倒不复杂，却全是看笑话的神情。

徐寅初听了乔天朝的话，脸上的表情瞬间由阴转晴，他呵呵笑着道：好，好。小王这样的我喜欢，毕竟是慈善医院出来的，没有沾染那么多的坏毛病。说完，用眼睛狠狠地剜了一眼自己的夫人和那几个女人。

不喝酒的女人才是本分。他又补充了一句。不知为何，那天晚上的徐寅初一下子对王晓凤有了兴趣，不停地问这问那，包括徐州的风土人情等。好在王晓凤是邳州人，离徐州不远，小时候也去过徐州几次，她的回答倒也是滴水不漏。她甚至还有意无意说了几句徐州方言，徐寅初居然也听懂了，弄得徐寅初仿佛找到了知音，毕竟都算是江苏人嘛。

不知徐寅初是装的还是真心实意，总之，那天晚上的接风宴，徐寅初很是高兴，一直在赞美王晓凤，弄得夫人沈丽娜的脸色一会儿青、一会儿白的。乔天朝看在眼里，脸上却装着浑然不觉，赔着笑脸，左右逢源。但在内心里他是真怕王晓凤露出什么破绽来，从开始一颗心就悬在那里，随时做着拆东墙补西墙的准备。还好，王晓凤的回答总算过了这一关。他为组织的这一次安排感到满意。

酒宴终于散场了。军统局的车拉着他们回到了家属院。分手时，徐寅初还在关照王晓凤：你一路上辛苦了，早些休息吧。回头又冲乔天朝道：乔副官，你夫人今天刚到，明天你可以晚来一会儿。

乔天朝谢过了，才挽着王晓凤向自家的院子走去。

进了门，他才放开王晓凤的胳膊，靠在门上，闭着眼睛吁了一口气。王晓凤一屁股坐在床上，没了外人的她又是昔日的女游击队员的样子了。她用手捶着腰，解脱似的说：原来你就是这么工作的呀。早知道，首长就是说破天我也不来。

乔天朝正色道：同志，你可不要掉以轻心啊！这里比不得解放区，说话办事可不能露出半点马脚。

王晓凤一路上想象过在敌人内部工作的种种情形，惊险而刺激，她喜欢冒险，可眼下她感受到的不是冒险，简直就是无聊嘛。如果组织上不介绍乔天朝是自己人，她根本不相信眼前的乔天朝是自己的战友。在她眼里，乔天朝没有一点自己同志的影子，想象中的乔天朝仿佛一下子离自己远了，她感到前所未有的孤独。

乔天朝从床上抱了一床被子，放到外间的沙发上，然后掩上门，小声地说：早点休息吧，你一路上辛苦了。

那天晚上，里屋的床上躺着王晓凤，外间的沙发上睡着乔天朝。不知为什么，两个人都失眠了。乔天朝想着王晓凤，在她没来之前，他在心里把她想了无数次，可见到真人了，又觉得和自己想象的一点也不一样。不管怎么说，当天王晓凤的表现应该说是合格的，甚至可以用优秀来评价。一个人的时候，只要自己做好了就可以达到万无一失，现在不同了，他们是一个整体，从今以后，在敌人内部工作期间，他们一荣俱荣，一损俱损。没有退路，也无从选择，只能往前走。他又想到了锦州和沈阳的军事布防图，上级交给他的任务就是尽快拿到军事布防图，为一举解放东北铺平道路。现在锦州和沈阳的部队在频繁地设防，还有营口和葫芦岛从海上派来的援军。东北现在真的很忙，想要摸清真实的布防情况，不花费些心思，看来是不行的。

王晓凤躺在床上，身体放松了，心却一直紧绷着。酒宴上她下意识地往腰里摸枪的情形又一次浮现在脑海里，她终于彻底清醒过来，在心里一遍遍提醒自己，这是在敌人内部工作呢。酒席间敌方军官肩上的徽章乱闪，晃得她几乎睁不开眼睛，她明明知道坐在自己旁边的乔天朝就是自己的同志，可因为他的那身装束，她甚至有了一丝错觉，乔天朝根本就不是自己的同志，而是敌人，她被自己的想法吓出了一身冷汗。她睁着眼睛望向无边的黑暗，心里一遍遍地想：这就是我的工作，我这是在哪里啊？

迷迷糊糊中，她似乎睡着了，冷不丁又醒了，发现自己的胸口乱跳着，她想了好一会儿，才明白自己所处的环境。于是，她又睁大眼睛，望着漆黑的夜，就想到了李志。因为走得匆忙，她都没来得及向李志告别，就是时间允许，她也不会把真实情况告诉他，这是机密。想到李志，就有一种甜蜜的东西在她的心里荡漾开来，渐渐地，她的神经放松下来，沉沉地进入了梦乡。

敌　　后

沈阳城内城外，已经乱得不成样子了。外面增援的部队想进来；城里的老百姓在大战来临之前想逃离这块是非之地；军方则想把城里的百姓绑在同一辆战车上，以增加胜算的筹码。成群结队的百姓被军队赶回城里，哭爹喊娘声不绝于耳，整个沈阳城就乱成了一锅粥。

乔天朝当前的主要任务就是尽快拿到东北沈阳、锦州两地的军事布防的资料，解放大军已经远远地把这两地合围了。现在东北战局的情况是，只要把这两地一举攻克，整个东北也就一马平川了。乔天朝要是搞到这两个城市的布防情况，就为解放大军的排兵布阵提供了可靠的保证。

这些日子，徐寅初带着乔天朝到处检查沈阳城内的指挥机构，战时的军统人员主要工作就是督战，发现任何蛛丝马迹即刻上报南京总部，部队的指挥官最怕的就是军统的人这时来添乱了，心里仇视着军统的人，表面上还要笑脸相迎，努力殷勤着有问必答。他们离开指挥部后，作战指挥员都会咬牙切齿地骂：这群狗。军统局的人就是在这样一种情形下工作着。

乔天朝一走进军统局东北站的大楼，家里就只剩下王晓凤一个人了。她已经从名字上习惯了王迎香到王晓凤的转变，她时刻提醒着自己，此时的身份是王晓凤，是军统局东北站中校副官乔天朝的夫人。心里虽然这么千次万次地想过了，但眼下的生活她无论如何是不能适应的。十六岁就参加了游击队，东奔西杀的日子习惯了，冷不丁地无事可做，整日里冲着窗外发呆，这让她难以忍受。而那些难缠的太太们，只要男人们一走，闲极无聊的女人就由沈丽娜牵头，吆五喝六地聚着打麻将。沈丽娜在家里也是把自己收拾得珠光宝气，从灯红酒绿的上海滩来到战局混乱的东北，她觉得自己亏得不是一星半点，每天总要和徐寅初吵上一架，怪徐寅初把她弄到这个风雨飘摇的沈阳城内，连个消闲的地方都找不到。这样的日子让沈丽娜忍无可忍，于是把火气一股脑儿撒到了徐寅初的身上。别看徐寅初是军统局东北站的站长，但在沈丽娜面前他是惧怕的，这种惧怕不知从何而来。沈丽娜经常指着徐寅初的鼻子，称他为“乡下人”。尽管如此，在徐寅初的眼里，沈丽娜的美丽依然是光芒四射的。身为国军的徐寅初出身贫寒，没有靠山，完全是凭着对国军的忠心耿耿，恪尽职守，靠着自己的奋斗一路走过来，否则，军统局也不会委以他这么重的责任。自从沈丽娜嫁给他，两个人在一起的日子聚少离多，不像有些军官，敛财买官，置房子买地，把黄澄澄的金条交到老婆手上。他没有这些，从内心里觉得亏欠沈丽娜，对沈丽娜的不满也是一忍再忍，时间长了，就让人感觉很惧内。这次让沈丽娜远离喧嚣繁华的上海滩，来到战事一触即发的东北，就更增加了徐寅初对沈丽娜的愧疚。于是，徐寅初在沈丽娜面前便一再忍让，完全丧失了国军中将的风度，回归到了传统男人的角色。

没有了徐寅初的约束，沈丽娜就嚣张起来，只要男人前脚离开家，她便在家里把自己精心收拾了，拎起小皮包，一副赶十里洋场的样子。

出了家门，就大呼小叫着喊来赋闲的女人们打麻将，消磨时光。

在王晓凤没来之前，她别无选择地和刘半脚及尚品的夫人凑在一起，尽管骨子里是很瞧不上她们的，这些女人在她眼里一律是乡下女人，因为无聊，也因为寂寞，就是看不上眼也免不了和这些女人打交道。一边打着交道，一边生着闷气，麻将桌上，刘半脚这个梳着发髻的山东女人，恨不能把手里的毛票都攥出水来，每次输了钱，刘半脚都不能痛痛快快地拿出来，赖不过了，才从手心里一张张地抠出来，毛票上皱皱巴巴地沾着汗渍。

沈丽娜对刘半脚这样的女人和那些皱巴巴的票子一样不放在眼里。她挥手把钱拂到地上，气哼哼说了句：你的钱我不要了。说完，扬长而去，发誓再也不和这些女人打交道了。第二天睁开眼睛，因为闲得发慌和无聊，她还得走出家门，与那些她瞧不上眼的俗女人打成一片。

现在的情形发生了变化，自从乔天朝的夫人王晓凤来到沈阳，她就莫名其妙地喜欢上了王晓凤。王晓凤不知道哪点让沈丽娜喜欢，她只要一有时间，就来找王晓凤聊家常，说女人家的事，不厌其烦的样子。这些话题对王晓凤来说是不感兴趣的，没有办法，她只能不冷不热地陪着说下去。有时候沈丽娜兴头很好，全然不顾王晓凤的反应一路说下去，说上海滩，说自己当舞女时的风光。王晓凤听着，眼前就幻化出一幅灯红酒绿的场景，她下意识地向自己的腰间摸去，却摸了个空，她只能在心里一遍遍地说：婊子、臭女人。表面上却是不敢流露半分的，她明白自己此时的身份。自从来到战事纷乱的东北，她真正感受到了种种危险——军统局东北站的院外，彻夜不停地有国民党的部队走过，甚至还有拉着大炮的车队，如果自己的身份暴露了，就是插翅也难逃出沈阳城。自己牺牲事小，耽误组织的计划，那才是大事呢。

因为沈丽娜的到来，王晓凤对家里的布置也小心起来。沈丽娜第一次不请自来地闯了进来，她就险些露出破绽。乔天朝走得匆忙，每晚睡在沙发上的枕头还没有收起，仍摆在沙发上。沈丽娜一进客厅，便惊乍地叫了起来：你不和乔副官一起睡呀？

王晓凤心里一惊，忙把沙发上的枕头抱在怀里，掩饰着说：哪儿呀，今早我肚子疼，顺手抱了枕头焐着，刚才你叫门，我就给丢到这里了。说话时，因为紧张，还红了脸。

沈丽娜前后左右地把王晓凤打量了，这才满脸内容地说：你和乔副官都年轻，可别虚了身子。往后的日子还长着呢，眼下可别太贪了。

王晓凤听懂了沈丽娜的话，脸自然又红了一次。从那以后，只要乔天朝起床，她就第一时间把沙发上的铺盖抱到床上。看着被摆在一起的枕头，她就想到了李志。和李志朝夕相处的细节便一幕幕地浮现在眼前，此时的王晓凤真心实意地开始思念部队，思念战友了。她空前绝后地感受到了孤独。

沈丽娜在她耳畔的絮叨，忽远忽近地飘走了。沈丽娜似乎发现了王晓凤的心不在焉，就止住话头说：王夫人，我下午带你去逛中街，沈阳的中街还是蛮值得逛逛的。

沈丽娜说完，就扭着腰肢走了，剩下了发呆的王晓凤。

阿廖沙站在街头又开始唱那支好听的《喀秋莎》。他一遍遍地唱着，不厌其烦的样子。

乔天朝和王晓凤是在傍晚时分出现在街头的，他们似在不经意间走到了阿廖沙面前。阿廖沙不看他们，仍然目视前方，沉浸在自己的歌声里。

乔天朝在阿廖沙面前停了几秒钟，从兜里掏出几张毛票，顺手扔在阿廖沙脚边的帽子里，然后拥着王晓凤向街对面的一个咖啡馆走去。

王晓凤压低声音问：他是咱们的同志？

乔天朝没有说话，仿佛没有听到王晓凤的话，径直带着王晓凤走进了咖啡馆。咖啡馆里很暗，每位客人的桌子上都点了支蜡烛。乔天朝和王晓凤找了一张桌子坐下，服务生走过来，把蜡烛点亮了。一簇火苗，让两个人看清了对方的脸。

乔天朝点了一支烟，样子很悠闲。很快，服务生把两杯冒着热气的咖啡送了过来。

王晓凤喝了一口，皱着眉头，把咖啡杯推到了一旁，嘀咕一声：这洋玩意儿，比药还苦。

乔天朝把王晓凤面前的咖啡杯摆正，一副不容置疑的样子。

不一会儿，阿廖沙出现在咖啡馆里。他站在门口扫视了一眼，缓缓向乔天朝这边走过来，有熟悉阿廖沙的服务生，小声地和他打了一声招呼。阿廖沙最后在乔天朝的邻座坐了下来。阿廖沙冲乔天朝微微点了点头，乔天朝则还以一笑。

阿廖沙拿出烟，摸了自己的口袋之后，起身向乔天朝借火。乔天朝用火柴帮阿廖沙点着了烟。在点烟的一瞬，阿廖沙把一个小纸条塞到乔天朝手里，乔天朝顺势把纸条放到火柴盒里。

乔天朝继续啜着咖啡。

终于，他把一张钞票放到桌子上，带着王晓凤向外走去。

他揽着王晓凤走在暗夜的街上。王晓凤的样子显得有些拘谨，她不停地嘀咕着：这就是工作？！

乔天朝小声地说：别说话，要么就说点儿别的。然后他大声道：看样子明天要下雨了。

这时，一队巡逻的卫兵，列队跑步经过他们的身边。

王晓凤下意识地向自己的腰间摸去，乔天朝揽在她腰间的手就用了些力气，两个人别扭着走进了军统局东北站的驻地。

摸黑进屋后，王晓凤长吁一口气道：这是什么接头啊，话都没说上，能交流到什么情报？下次再接头，你自己去吧，我可是难受死了。说完，不管不顾地把高跟鞋甩在地上，一脸的忍无可忍。

乔天朝捡起鞋子，摆好，拿来拖鞋放在她的脚边，用低沉的声音说：你现在是王晓凤，不是王迎香，我们这是在工作。

说完，拿出火柴盒，抽出一张小纸条，纸条上写着：刘王辛苦了，老家要的货，请尽快送来，母亲急用。

他把那张纸条递给王晓凤，王晓凤看了眼纸条，又看了一眼。乔天朝把纸条拿回去，划了根火柴，那张纸条便燃着了。王晓凤这才意识到什么，伸手去抢时，纸条已成了灰烬。她不解地问：烧它干什么？我还要看看。从离开组织到现在，她这是第一次接到组织的命令，那上面明确写着“刘王”二字。这些日子，过着水波不兴的生活，她已经郁闷得要死了。她甚至觉得组织已经把她忘记了。她现在的身份是军统局东北站中校副官乔天朝的夫人。每天乔天朝一走，她连个说话的人都没有，她只能面对着沈丽娜那样的女人，无休止地逛街。越是这样，她越是怀念在部队的美好时光，日子虽然忙碌，但很充实。那样的日子才是她应该有的，现在的日子和那时的日子相比，简直是天上地下。乔天朝和阿廖沙接头就在她的眼皮底下，她竟没有看到那张纸条是如何到了乔天朝的手上。这是老家的来信，这是来到东北、打入敌人内部后，第一次接受到老家的问候。这两天她已经习惯“老家”这个称谓了，她和乔天朝聊天时，他就反复用“老家”这个字眼，刚开始她还有些不习惯，后来适应了，她觉得“老家”这个词竟是那么的形象和亲切。一提起“老家”，心里便有种热乎乎的感觉。那张小小的纸条，仿佛又让她看到了那一张张熟悉的面孔，她想把纸条收藏起来，寂寞的时候能看上一眼，会让她有份寄托和念想。没想到，这么快就被乔天朝给烧掉了。望着那团纸灰，失落、无奈的心情溢于言表。更让她不解的是，乔天朝就跟没事人似的，用抹布把那些灰烬擦拭得不留一丝痕迹。

乔天朝刚做完这些，突然就响起了敲门声，接着徐寅初的声音传了进来：乔副官休息了吗？

乔天朝和王晓凤对视一眼，做了个手势，他就去开了门。徐寅初身后还跟着沈丽娜，两个人的样子似乎刚吃完夜宵回来，徐寅初嘴里还喷着酒气。

徐寅初打着哈哈道：你们这对小夫妻可真抓紧时间呢，这么早就要休息了？我和夫人从外面回来，看你们灯还没熄，顺便过来看看。

沈丽娜大呼小叫地走进里间的卧室，和王晓凤山高水长地说着女人的话题。

乔天朝给徐寅初倒了杯茶，就坐在徐寅初的对面，他知道徐寅初一定有事。果然徐寅初喝了一口茶道：乔副官，现在的情况对我们很不利，共军调集了几十万人的兵力，把沈阳和锦州团团合围，我们只能背水一战。蒋委员长的决心很大，让我们在这里和共军决一死战，誓死守住东北。如果这一战我们胜了，还有收复东北的可能；如若战败，我们将只能撤往关内。

乔天朝不明就里地说：蒋委员长不是在派援军支援我们吗？

徐寅初摇了摇头，叹口气道：看来，远水解不了近渴啊！共军在调集兵力，等他们布置完了，他们就开始围歼我们，合围沈、锦两地，再各个击破。

乔天朝听了徐寅初的话，心里掠过一阵狂喜，不用徐寅初说，他也知道现在东北战局是个什么样子，四平和长春失守后，便大局已定了。现在徐寅初把话都说到这个份儿上了，看来国民党上层也发生了动摇，否则，徐寅初的情绪不会如此低落。

徐寅初话锋一转，道：乔副官，你要有思想准备，战争一打响，我们都是督战队员，就是战斗到最后只剩下一枪一弹，也不能放弃对东北的争夺。

乔天朝在徐寅初的眼里看到了一缕杀气，看来敌人做好了殊死一搏的准备。隐隐地，他开始为那些城外的战友担心了，这势必是一场恶战，血流成河将在所难免。乔天朝手心冒汗，浑身的血液快速地奔涌着，仿佛已经置身在阵地上，率领战士们冲锋陷阵，迎着炮火一往无前。

枪

乔天朝终于在沈阳的前线指挥所看到了那张沈阳兵力布防图。他是以军统局东北站副官的身份走进前线指挥所的。前线指挥所里一幅忙乱的景象，电台收发电报的嘀嗒声，指挥官冲着电话训斥下级的声音不绝于耳。作为军人，只有身处前线指挥所才能真切地感受到什么是临战状态。乔天朝一走进指挥所，心里猛然一凛。到东北都这么长时间了，他还是第一次走进作战指挥部。一位上校作战科科长陪着他，不离左右，并不停地向他介绍着指挥所里的各个部门。他对这一切并无兴趣，他急于要看到的是那张军事布防图，那才是他所关心的。

转了一圈之后，上校科长别无选择地把他带到了中心指挥部。这里才是整个指挥中心的首脑机关，中将、少将一堆人，似乎正在讨论着什么。上校科长在门口双脚一并，发出一声脆响，然后喊了声：报告！

乔天朝不失时机地从上校科长身后走出来，表情是微笑的，甚至有种居高临下的意味。他戴着雪白的手套，不经意地举起了右手，挥了挥道：各位辛苦了。

那些忙碌的下级军官们赶忙立正站好，少将、中将虽没有站正身子，但也都友好地冲他笑笑，样子是“表示欢迎”。他走进去，站在一面墙壁前，那里厚厚地拉了一层布帘，乔天朝知道这里就是核心机密了。他伸出手，试图去拉动那个帘子，陪在他身旁的上校科长，一时竟不知如何是好，阻止也不是，不阻止也不是。乔天朝就笑了笑道：兵力布防连军统的人也不许看吗？

上校就用目光去寻找上司的意思，这时一位少将走过来，“哗啦”一声，拉开了帘子，一张清晰的沈阳地区军事布防图映入乔天朝的眼帘，红色箭头标明的是国军，蓝色箭头显示着共军的围攻态势。乔天朝在地图上看到红色箭头之外，已被蓝色的汪洋包围了。

少将简洁地介绍了一下兵力配置，便随手把帘子拉上了。就在这短短的几分钟里，乔天朝便把军事布防在心里记下了，沈阳城内共有两个军的兵力，加上一个预备师，分东、南、西、北四个方面部署了兵力。乔天朝镇静地询问少将：守住沈阳有把握吗？

少将一副胸有成竹的样子，指了一下身后的地图说：坚守一个月没有问题。共军如先攻打沈阳，锦州的驻军会全力支援我们；如果共军攻打锦州，我们也可以派部队先解锦州之急；如若他们对沈、锦同时发动进攻，共军的兵力分散，恐怕一年半载也休想吃掉我们。到那时蒋委员长会派援军从海上到陆地支援我军，待共军人困马乏之时，我们再发动反攻，那将是我们与共军算总账的大好时机。

乔天朝听着少将在理论上左右逢源的陈述，独自拍起了巴掌，嘴里还叫了声：好！

然后，他挥了挥手，例行公事地冲大家道：各位辛苦了。说完，便转身出去了。一路上他都在微笑着，样子慈祥得很。

沈阳的军事布防情况是王晓凤送到联络站的。那是坐落在三经街上的一家食杂店。店主姓刘，五十多岁。日本人在时，他就是地下交通员，现在日本人投降了，这里仍然是共产党的交通站。

王晓凤来到沈阳后，乔天朝就带她与交通站的人见了面，打算以后就把接送情报的任务交给王晓凤去做，毕竟女人走街串巷的，不易引人注意。

这是王晓凤单独的一次行动。她回来的时候一脸的喜气。乔天朝问询了送情报时的整个过程，她兴奋地做了描述。乔天朝这才舒了一口气，毕竟这是王晓凤的第一次行动，他不能不紧张。

王晓凤后来就天天追着乔天朝问还有情报要送吗，看来送情报的工作已经让她有了一种成就感。的确，这样的工作让她得到了满足。在这之前她一直闲在家里，不是陪着军统站的人出去吃饭，就是和沈丽娜逛街。她对这样的日子已经厌烦透顶了，这时她就会想起昔日火热的战斗岁月。枪炮声让她感到振奋，和战友们在一起的日子，她的心里是踏实的。刚开始的日子，她连乔天朝都不信任，原因就是乔天朝那身国民党的制服。只要乔天朝穿上那身制服，她有时会感到压抑得气都透不上来；只要乔天朝穿上那身制服，便觉得他和那些人没什么两样了。恍惚中，她感受到了孤独，她想喊想叫。有一次，她把乔天朝的枪偷偷地藏到了自己的枕头下，她觉得自己时时刻刻要提防着。早晨，乔天朝要去军统站执行公务，发现自己的枪没有了，从客厅找到卧室，又从卧室找到洗手间。任凭乔天朝急得如热锅上的蚂蚁，她倚在床边，冷静地冲乔天朝道：丢就丢了呗，上司会再发你一支的。

直到这时，乔天朝才意识到是王晓凤捣的鬼。他伸出手，压低声音说：快把枪给我，这是在工作。

她见乔天朝认真了，才把枪从枕头底下拿出来，不情愿地还给乔天朝：国民党有那么多枪，丢一支算什么？

乔天朝急着出门，没说什么，只是狠狠地白了她一眼。

那以后，她缠着乔天朝给她配一支枪，乔天朝不解地问：你要枪干什么？

她用手指做了一个射击的动作，然后说：万一敌人发现我们了，我们也好反击呀。我掩护你，杀出沈阳城。

乔天朝看着她的样子，无奈地摇了摇头。以后她再提起配枪的事，乔天朝就答复她：你要枪就朝组织上要，若组织配你枪，我不反对。

她果然给组织上写了一份报告，并把配枪的理由做了阐述。两日后，他们从阿廖沙那里取得了组织上的回信。组织严厉批评了她的想法，并指出配合乔天朝的工作就是她目前最主要的事情。索枪的事告一段落后，她又迷上了摸枪。只要乔天朝回来，她的第一件事就是把乔天朝的枪别在自己的腰上，然后再拔出来，不时地在手里把玩一番。她从里到外地把枪研究过了，便有些不屑的样子：你这撸子中看不中用，别说打仗，就是防身，也不比一个烧火棍强多少。然后又反问道：你知道我打游击时用的是什么枪吗？

乔天朝不理她，翻着眼皮看她。

她就自顾自地说下去：我那可是二十响的盒子炮，两支就是四十响，打起来左右开弓。说着，意犹未尽地左、右手一起比画起来，嘴里还伴着“叭叭”的射击声。

乔天朝就在心里叹口气。他知道，现在的这份工作并不适合她，看来组织上派她来，也是没有办法的办法。既然他们现在是同一个战壕的战友，目前的工作也只能是他自己做得细一点了。

每天晚上临睡前，王晓凤都把枪压到自己的枕头下，然后冲乔天朝挥挥手道：今天晚上我就和它睡了。

有几次，乔天朝决意把枪拿了回来，他怕夜里有什么情况。失去枪的王晓凤就整夜睡不着觉，不睡觉的她一遍遍地在地下走，一边走还一边唠叨：不就是一把枪嘛，等回老家我给你十支八支的，让你看看。然后就反反复复地迈着游击队员的步伐，把房间走得地动山摇。

乔天朝忍无可忍地把枪从门缝里塞过去。她拿到枪立刻眉开眼笑了，放在枕头下不踏实，又拿出来放在眼前，总之，放在哪里都感到不放心。后来，她干脆把枪握在手里，这才踏实下来，慢慢睡了过去。

每天，乔天朝都带着那支被王晓凤的身体焐热的枪走出去。他在军统站上班的每一天都是提心吊胆的，生怕王晓凤一个人在家生出什么事端。直到下班回到家里，看到她安然无恙地立在他面前，他的一颗心才踏实下来。

她见到乔天朝的第一件事，就是把他身上的枪拿过来，别在自己的身上。而乔天朝一走，那支枪就远离了她的身体和视线，她就在心里发着狠：不就是支枪嘛，看我自己搞一支来。

从那一刻起，她就有了搞到一支枪的打算。这个念头在她的脑海里始终是那么的清晰，终于，盼星星，盼月亮，这样的机会来了。

徐寅初要带着副官乔天朝去战前的锦州督战，陆路是走不通了，沈阳和锦州之间是共产党活跃的地带，他们没有选择地坐了飞机。在东北的战场上，只剩下沈阳和锦州这两步活棋了，指挥官明白这两个城市是他们的左膀右臂，只有相互策应，方可完成这场恶战，否则，将毁于一旦。

军统局东北站的官员们，不敢对锦州掉以轻心，于是徐寅初要去锦州做最后的督战。他选择了乔天朝陪同左右，这也正是乔天朝求之不得的。锦州战区的兵力配置图他一直没有拿到手，组织上几次来信都在催促他快些行动，东北的战役没有打响的原因就是我方尚未摸清敌人的兵力配置。知己知彼，才能保证一场战争的胜利。乔天朝也一直在寻找接近锦州的机会，现在机会终于来了。他是怀着激动又迫切的心情和徐寅初及沈阳方面的指挥官，登上了飞往锦州的飞机。

此时的乔天朝放心不下独自在家的王晓凤。这段时间以来，他越来越觉得王晓凤不适合做地下工作，她身上游击队员的习性太深刻了，稍有不慎，就会引起别人的注意，如果暴露了，组织上苦心经营的东北地下工作便功亏一篑。他在寻找人不知鬼不觉的机会，让组织把她撤走，但一直觉得时机尚不成熟，更怕引起徐寅初的怀疑。他始终在寻找着这样的机会。去锦州前，他特意跑回家一趟，又一次重申了地下工作的纪律和危险性。王晓凤一边点头，一边认真地说：放心吧，我又不是个孩子。别忘了，我是游击队员出身，啥仗没打过，不就是地下工作嘛，我待在家里，哪儿也不去，行了吧？

虽然，她嘴上这么说，乔天朝的心里仍然感到不踏实，心里隐隐地替她担着心。但一时又想不出更好的办法，他只能忐忑着一颗心出发了。

乔天朝走了，王晓凤觉得头上的天晴了一大块，自从她来到东北，头上就罩着沉重的阴影。她说不清是一种怎样的阴影，直到乔天朝走了，她才“呼啦”一下子明白，原来这层阴影正是乔天朝。她渐渐厘清了思路，乔天朝直接影响了她的生活质量，他在她的生活中可以说无处不在，他对她的行为有着太多的制约。他走了，她才感受到头上的天空是明艳的，就连空气都是那么的清新。

她要到外面走一走，看一看，感受一下战前的沈阳的气息，此时，她早把对乔天朝说过的话完全忘记了。

她要走出去，就必须经过两道门岗，第一道是家属院门前的岗哨，这是个单人岗，卫兵手持长枪，腰上还挎了支短枪。她早就在留意岗哨的枪，她不明白，一个哨兵为什么要配备两支枪，且一长一短。哨兵腰间的枪让她感到眼馋，枪八成新，枪身泛着蓝莹莹的光。她每次走到哨兵的眼皮底下，都会用劲儿地看几眼那枪。长枪是美式卡宾枪，全金属，小巧而结实，握在手里感觉一定不错。从她成为游击队员拥有枪的那天开始，枪便成了她的影子、她的伙伴，就是睡觉，枪也不离左右。如今，她的生活中突然没有了枪，这让她无论如何也难以适应。

第二道门岗就是军统局东北站的办公区了。那里的门岗要威严一些，一左一右，配的都是长枪，哨兵头上戴着钢盔，对进出的车辆及人员进行着严格的检查。这些哨兵几乎都认识王晓凤，当她走到门岗边，哨兵会立正站好，问一声：夫人好。然后目送她走出去或走进来。

她无所事事地一连进出了两趟，也没想起自己要做什么，心里慌慌的似乎有什么事情要发生。

她百无聊赖地走到了沈丽娜家。徐寅初一走，沈丽娜也就彻底解放了，此时的她更像个上海舞女了，涂脂抹粉地把自己描了，正热火朝天地和刘半脚、尚品的夫人在打麻将。刘半脚似乎不是在玩麻将，而是在下死力气地搬砖，一块块麻将牌在她的手里重似千斤。这会儿她一定是输了，鼻子周围沁满了汗，双眼死死地盯着麻将桌。王晓凤走进来，她头都没有抬一下，倒是沈丽娜笑盈盈地打了招呼。

王晓凤看了一会儿打麻将的女人，就恹恹地走开了。

回到家里，面对着空荡荡的屋子，她坐也不是，站也不是，然后她不可遏制地开始思念起老家。一想起老家，她就想到了那些朝夕相处的战友们，战友们此时又在干什么呢？是正在进行训练，还是刚刚打完一场胜仗？她开始后悔自己深入敌后的工作，这种地下工作简直就是老鼠一样的生活，自己也不过是乔天朝身边的一件摆设。尽管来到东北后，她也去交通站取送过情报，但那也都是乔天朝弄来的情报，她甚至不知道情报的具体内容，大部分的时间里她都是在碌碌无为中度过的。她心里开始不平衡了，在老家的部队上，她是叱咤风云的人物，当游击队队长时手下也有两三百号人，那是怎样的一种情形啊！现在的她，除了一天三顿饭外，她就是乔副官的太太，在别人眼里，她和那些太太没有什么不同。这么一想，她就变得格外的焦灼和失落，她后悔当初如此草率地同意来到东北。当时，在她的想象里，地下工作一定是惊心动魄，充满了刺激和挑战，而现实中地下工作与自己的想象竟千差万别。

王晓凤的目光透过窗口，望见了家属院门口的哨兵，确切地说，她是望见了哨兵腰间的那支短枪，她的心脏狂跳起来。她躺在床上，望着天棚，眼前晃动的就只有那支枪了。一想到枪，她就激动起来：如果自己有了枪，就又是一名战士了。她知道，东北这场大战一触即发，围在沈阳城外的我军，只是没有布置好兵力，一旦兵力配备完毕，炮火便会遮天蔽日地向沈阳的守军倾泻而来。她越想越兴奋，自己一定要像一名战士一样，拿起枪，迎接大部队的到来。

想到这儿，她的目光再也离不开哨兵腰间的那支枪了。

她是在夜半时分开始行动的。行动前，她翻箱倒柜地把乔天朝的便服找了出来，穿在身上虽然有些肥大，但挽了衣袖、裤脚倒也凑合。她又找出块布头，在上面挖了两个洞，蒙在头上，露出两只眼睛，此时的她完全是一副夜行侠的装扮了。她又把晾衣绳解下来，那是一条质地很好的麻线绳，她握在手里，用力地抻了抻。

她没有走正门，而是从后窗跳了出去，然后影子一样一步步向哨兵摸去。

不到一刻钟的时间，她又从原路返回。这时，她的手里多了一支枪，而勒死哨兵的麻线绳早已挂在了原处。枪还是温热的，她把那支枪放到了天棚的缝隙里。做完这一切，她才踏实下来。

迷迷糊糊地刚要睡过去，家属院门口就乱了。不一会儿，一队荷枪实弹的士兵跑步向这里集结。她扒着窗子向外看了看，笑笑，心想：你们忙活去吧。然后用被子蒙了头，她要睡觉了。果然很快就睡去了。

直到第二天，天光大亮，她走出家门，才发现了外面的变化。在家属院的周围，三步一岗，五步一哨，到处是荷枪实弹的士兵。军统局执行队的马天成脸色铁青，像一条疯狗似的转来转去。这里的哨兵也都是执行队的人，执行队的士兵都是经过专门训练的，就是这样的一名哨兵在军统局的眼皮底下被人活活勒死了，而且还丢失了一把短枪。这件事令马天成羞愤不已。此时的马天成真的是疯了，他提着枪，在院门口茫然地转来转去。如果这事发生在作战部队，死上一个士兵，丢一支枪，并不是什么大不了的事，现在的沈阳和锦州两地已被共军团团包围，共产党的宣传攻势如火如荼，几乎每一天都有士兵携枪投降，有的甚至是整个建制的投诚。这些事，本来就让军统局的人头疼不已了，毕竟是督战不利的结果。没想到，部队弹压不力，就在军统局东北站自己的眼皮底下发生了这么大的事件，于情于理都是说不过去的。军统局的人便都紧张起来，机要室主任尚品给在锦州督战的徐寅初发了密电。徐寅初匆忙带着乔天朝坐飞机回到了沈阳。

乔天朝一回军统局东北站，就知道事情闯下了。他在锦州时，就看到了尚品拍去的密电，对事情有了大致的了解，当时他就想到了王晓凤。这事只有她能干出来。别人是无法对军统局的人下手的。先不说国民党城里城外的驻军几乎把沈阳城围了个风雨不透，就是一般人也很难走进东北站的院子。大门有双岗，马路上还有夜巡的队伍，想偷袭东北站，就是插翅也难以飞进来。况且这时候，组织上也不可能派人搞这种毫无意义的偷袭。这件事情早就在乔天朝的心里水落石出了。

在飞机上，徐寅初就和他分析过案情，分析来分析去，徐寅初坚信这是自己人干的。也就是说，东北站内部出现了内鬼。究竟谁是内鬼，徐寅初不知道，但乔天朝知道。乔天朝就顺着徐寅初的话茬儿说下去：看来，我们内部应该整肃了。

徐寅初一脸的严峻，眉头紧锁地望着舷窗外，不知在想什么。

此时的乔天朝开始考虑王晓凤的问题。自从她来后，不仅没帮上他的忙，还不停地给他添乱，如今竟做出这种荒唐的事情，简直太没有工作纪律了。为此，若是暴露了自己，自己牺牲事小，影响整个战局，这事情可就大了。乔天朝越想越感到后怕。

乔天朝一早回到东北站，便感受到了那种紧张的压迫感。车还没有到东北站，他就看到车窗外三步一岗，五步一哨的。

车停到东北站门口，马天成正在那里迎接他们。徐寅初一声不吭，扫视了一眼院子里的卫兵们，瞪了眼马天成后，头也不回地向办公室走去。

乔天朝和马天成等人紧紧跟上。进了办公室，徐寅初还没坐稳，便拍着桌子冲马天成喝道：马上把那些人给我撤走，怕别人不知道军统局丢人现眼呢。

马天成不明就里地说：我是担心再出意外。

徐寅初的情绪似乎平息下来了，靠在椅背上，半睁着眼睛道：这是内鬼干的，你布置那么多兵力，有什么用?!

马天成一拍脑袋，恍然大悟地说：站长，我明白了。他忙跑出去，下令撤掉了院子里的卫兵。

乔天朝为徐寅初倒了一杯茶，然后冲闭目养神的徐寅初叫了声：站长——

徐寅初这才睁开眼睛，缓缓说道：这两天你也辛苦了，回去休息一下吧。

乔天朝又喊了一声：那站长你……

徐寅初挥挥手道：没关系，这只是个小内鬼，还没到我们的核心机构，如果那样的话，问题可就大了。现在的情形，大战在即，共产党无孔不入，不得不防啊。

乔天朝回到家里，王晓凤的情绪从来没有这么好过。她一边做饭，一边哼着歌儿，看见走进来的乔天朝，竟主动问候：回来了，这次去锦州有收获吗?

他不回答她的话，盯着她的眼睛用力看。王晓凤不明白乔天朝是怎么了，她伸出手，摸了把自己的脸道：看什么看?不认识我了。

乔天朝气咻咻地说：你过来一下。说完，走进了里间。

王晓凤还没见乔天朝如此严肃过，忙跟进来，站在他的身后。这两天她的情绪是高涨、热情的，自己只是小试身手，敌人就乱成这个样子，如果自己和乔天朝联手，主动出击，那整个沈阳城还不炸了锅?说不定，不用外围的部队攻打沈阳，她就能把整个沈阳城搅得人仰马翻。

乔天朝回过头，盯着她一字一顿地说：那件事是不是你干的?说完，用手指了一下窗外岗哨的方向，那里刚才还站着两个哨兵，此时已被马天成下令撤掉一个。

王晓凤明白了，她没想把这件事情瞒下去，就点点头说：是啊，我想给自己搞个武器嘛，要是外面的部队打进来，我也能冲出去呀。这里我早就待够了。

乔天朝用手指着王晓凤的鼻子：你这是违反纪律，差点坏了大事。

王晓凤一脸无辜地说：这是我一个人干的，谁也没有发现，怕啥？枪我都藏起来了。

提到枪，乔天朝就想起了枪，他马上问：枪呢？

王晓凤站到床上，从天棚里把枪拿出来。乔天朝用旧报纸把枪包好，塞到公文包里，头也不回地出去了。一个时辰后，他才回到家，手里仍提着公文包。

王晓凤扑过去，就将公文包里外翻了个遍，发现枪不见了，就问：我的枪呢？

乔天朝的头都大了，他头也不抬地说：以后你别再跟我提枪的事。

就在这个时候，家属院里乱了，马天成带着十几个执行队的卫兵冲了进来。马天成一边拍门，一边喊：乔副官，我奉徐站长的命令，对你家进行搜查，请你配合。

乔天朝打开门，就进来几个持枪的卫兵，马天成笑着解释道：徐站长怀疑家属院让共军装了炸弹，为了东北站的安全，让我们来搜一搜。

乔天朝知道，徐寅初这只老狐狸怀疑出了内鬼，现在连自己的人都不放过，幸亏他有先见之明，否则，后果不堪设想。想到这儿，他一抬手道：请吧，好好搜一搜，别留下什么后患。

马天成一边点头，一边指示卫兵这里那里地搜了一圈，就连天棚也被搜了一遍。马天成赔着笑脸，嘴里打着哈哈地带着人走了。

这时的王晓凤才意识到问题的严重性。她讪讪地说：你还没吃饭呢，我把饭给你热一下。

乔天朝冷冷地道：我不饿。

这时的乔天朝要给组织打一份报告，要求组织把王晓凤调走，至于如何对徐寅初解释王晓凤离开沈阳的理由，他已经想妥了。他把要求调走王晓凤的信件交给交通站后，才将消息告诉她。

王晓凤只说了一句：行，你是我的领导，我听从你的安排。然后，就气鼓鼓地收拾东西，被乔天朝给制止了。他淡然地说：组织上还没回信呢，你的去留组织还没安排，等消息吧。

也就是从那天开始，王晓凤不再主动和乔天朝说话了，她似乎在和谁赌气。只要乔天朝回来，她的第一句话就是：老家有消息了吗？

乔天朝心平气和地告诉她：还没有。

然后，两个人就没话了。

徐寅初没有抓到真正的内鬼，却抓到了两个替死鬼。查来查去的，那天晚上有两名外出喝酒的卫兵被逮了个正着，即便不是他俩干的，毕竟也是违反了纪律，还是被拉出去，毙了。行刑前，那两个哭爹喊娘的卫兵的样子，让乔天朝看了都有些于心不忍。他转过身去，直到行刑车开出东北站。但他知道，这场风波之后，徐寅初肯定会更加谨慎、小心。

在他打了那份要求组织调离王晓凤报告的一个星期之后，老家来信了，信很短，只有一句话：这时离开不合时宜。

乔天朝是在脑子发热的情况下打了这份报告，事实上在他走出交通站后，他就后悔了——大战在即，组织上如何可能撤离王晓凤？即便撤走她，又如何过得了徐寅初这一关？万一露了马脚，将关乎整个东北战役。

纸条在王晓凤看过后，就被烧掉了。乔天朝小声地冲她说：我对你的态度不好，请你原谅。

王晓凤什么也没说，她有些失落。从内心来讲，她倒真希望组织上能把她撤走，让她返回部队，到时重新杀回沈阳城，让乔天朝看看，她不是一个只会犯错误的人。

大　战

东北这场一触即发的大战，终于要爆发了。

大战是在锦州打响的，那是一场载入史册的攻坚战。

大战开始的第二天，锦州守军就向沈阳方面求救。他们的压力太大了，一天的时间，郊外共产党的部队就向前推进了五公里，包围圈越小，城内守军的压力越大。整个东北战局在蒋介石的遥控指挥下，沈阳先是派出了增援部队，在新民一带便受到了共产党部队的顽强阻击，一天一夜，增援的部队被纠缠在新民一线，连一公里的距离也无法前进。

国军动真格的了，眼见着陆地无法增援，便从海上派兵，葫芦岛一带还在国军的掌控之中，于是，一批又一批海上增援部队从葫芦岛靠岸，疯了似的向滩头扑来。在一个名叫塔山的地方，和共产党的阻击部队胶着，战在了一起。这场塔山阻击战，可以说是整个辽沈战役中打得最为激烈的一场，一小块阵地都要经过反复争夺，搭上几百人的性命，仍不知其归属。

锦州城里城外，都被枪炮声、喊杀声淹没了。

军统局东北站的所有人马，在战争打响时，便被徐寅初派到了部队前线进行督战。他的身边只留下了副官乔天朝和机要室主任尚品。

机要室是最忙乱的地方，无数的电报交错往来。尚品手持战事情报，每隔几分钟就要敲开徐寅初办公室的门，所有的电报都汇集到徐寅初面前，每一份战事通报对徐寅初来说，都如当头一棒。

徐寅初站在沈、锦两地的地图前，用指挥棒指示着乔天朝不停地在上面插旗。地图上两军的态势已是清晰可见，整个锦州被厚厚地包围了。马天成督战的沈阳派出了援军，在他打回的电报里，三天时间都在说着同样的话：援军正与共军在新民激战。

锦州在没有援军的情况下，已经自身难保了。

徐寅初终于无力地瘫坐在椅子上。他手抚额头冲乔天朝下了第一道命令，让军统站的家属撤走。

徐寅初彻底失望了。看来当初他让家眷们千里迢迢赶到东北的想法太天真了，原以为她们的到来，会给部队带来一份必胜的信心，不料战斗才打响三天，一切竟变化得如此之快。在战局吃紧的情况下，他不能不想到军统局东北站的家属们，同时他也知道，战斗还没打响时，沈阳和锦州的高官已经从天上、地下转移了他们的家属和财产。此刻，他再也不想充当什么好汉了。

一辆军用卡车，载着家属院的女人们奔向了沈阳的东郊机场。蒋介石为了给驻守在东北的将士们打气，一天会派出几趟飞机，飞赴沈阳供给军用物资。这些飞机此时正好为撤离提供了条件。

当乔天朝向王晓凤宣布撤走的命令时，王晓凤吃惊地瞪大了眼睛，然后说：战友马上就要打进城里了，我干吗要撤走？我要等自己的部队。

乔天朝压低声音说：没有接到组织的命令，你必须走。

一提到组织，王晓凤就没脾气了，她收拾好东西，和其他女人们一起上了军用卡车。乔天朝站在车下，总觉得有千言万语要向王晓凤交代，可眼前的场面不是说话的场合。他就用目光死死地盯着王晓凤，两个月朝夕相处的细节，镜头似的在眼前闪现着，即便是矛盾、不快，也都被眼前的担心所化解。

车上的王晓凤扶着车厢，顿时也感到前所未有的孤独，毕竟作为战友他们共同工作、生活着，那一切都是真实存在的；尽管他们曾无数次畅想过，等任务完成后，倦鸟归巢般飞回各自的部队，与昔日的战友们团聚。但真到了分手的一刻，车上、车下的目光却多了些内容，那是战友分别时的惦念和不舍。她的嘴角牵动着，似乎想说什么，他赶紧冲她挥挥手道：晓凤，等着我。你一个人要照顾好自己，老家的人会和我一起惦记着你。

她的泪水突然就涌了出来。这时候，车启动了，她听出了他的弦外之音，于是，哽着声音说：放心吧天朝！

挥手之间，战友就在这种特殊的背景下告别了。车上的那些女人，听说要把她们送走，个个如出笼的鸟儿，兴奋异常。沈丽娜发现了王晓凤的异常，揽住她的肩头嗔道：你们可真是小夫妻啊，分开了就这么难过?!

王晓凤不好意思地冲沈丽娜笑笑，她知道自己离开乔天朝后，一切就都要靠自己了。她不知道，她们会被送到哪里去，但一定不是回部队。这么想过了，她的心情就越发的沉重。

沈丽娜不停地对周围的女人们说：最好把我们送到上海滩，到时候我请你们吃上海菜。

女人们在东北失守前，仓皇地坐着飞机飞走了。

战局急转直下，解放大军攻进了锦州城，和那里的守军展开了巷战。锦州失败指日可待。

从沈阳出发，支援锦州的援军被迫撤了回来，所有的人都明白，锦州失守后，沈阳也坚持不了多久了。乔天朝在沈阳失守前，收到了最后一份组织的密令：刘、王二位，老家人时刻想念你们。你们的工作仍没有结束，照顾好自己，待命工作，会有亲戚随时和你们联络。

乔天朝知道，他们的工作还没有完结，虽然他日思夜想着自己的部队和战友，但组织既然做了这样的安排，他也只能服从。

东北站执行队队长马天成带着执行队的士兵，失魂落魄地回来了。他带走的三十几个人，只回来了十几个，剩下的永远地留在了增援的途中。他垂头丧气地站在徐寅初面前，欲哭无泪地说：站长，卑职无能，督军不力，我甘愿受罚。

徐寅初一反常态地没有训斥马天成，他知道整个东北战局并不是他们军统局能够挽救得了的。兵败如山倒，别说让马天成带着三十几个人去督战，就是蒋介石来了，也挽回不了眼前的败局。徐寅初用手拍了拍马天成的肩膀道：我已经向局里请示，要嘉奖你。

出乎意料的结果让马天成犹如打了一针兴奋剂。他双脚并拢，声音高亢地说：谢谢站长的栽培，为党国效力，我愿肝脑涂地。

徐寅初笑了笑，又点点头道：你去歇着吧，别忘了给弟兄们放几天假。

马天成带着愉悦的表情走了。

徐寅初望着马天成离去的背影有些发呆，他知道，越是在这种时候，越是气可鼓，不可泄。

锦州失守后，孤城沈阳便成了众矢之的，守城的国军可以说是一触即溃。这些守军是由部队构成的，在惨败面前，他们不能不想着各自的实力，于是不等命令，便抢占那些以前运送援军的船只，从海上仓皇撤离。

沈阳危在旦夕。军统局东北站也接到了这样的命令：就地销毁文件，留存有生力量坚持战斗，伺机收复失地。

不仅军统局东北站收到了这样的命令，整个沈阳守军也同样收到此令。上峰对东北的局势太清楚了，兵败如山倒，这么多败军是无法从沈阳城撤出的，与其投降，还不如让部队化整为零，钻到大山里伺机而动。这实属保存实力的一种无奈之举。

军统局东北站的执行队队长马天成别无选择地留了下来，机要室主任尚品因为掌管着东北站的电台，也留了下来。徐寅初不想留下一支失控的队伍。

当两个人领受了任务后，站在徐寅初面前时，他们的表情是悲壮的，甚至还有一丝苍凉。两个人低着头，面对命令，他们无权抗拒，只能听天由命了。

徐寅初望着昔日的部下，语调沉重地说：你们二位是我的左膀右臂，我真的不忍心丢下你们，可这是上峰的命令，我不得不服从。

说到这儿，他停顿了一下，道：国军不能就这么失败，有朝一日还会打回来的。你们在东北坚守，到时候，你们就是国军的功臣。你们的前途将不可限量！

马天成抬起头来，这时他的眼里已经有了泪花。他哽着声音道：谢谢站长这么多年的栽培，请你转告上峰，我马天成不成功，便成仁。

说完，双脚一并，向徐寅初敬了个军礼。

尚品也抬起头，缓缓道：站长，我只有一事相求。

徐寅初拧起了眉头，点点头道：你说，只要是我能做到的。

尚品表情复杂地盯着徐寅初说：请照顾好我们的家眷。

徐寅初长吁一口气：放心，我的家眷怎样，她们就会怎样。

马天成和尚品怀着悲壮的心情离开了东北站，走进了突围的大军中，于战乱中寻找他们的机会去了。是生是死，只有天知道了。

东北站剩下的人，登上了从沈阳出发的最后一架飞机。

重　逢

乔天朝和王晓凤是在济南又一次相见的。

徐寅初带着东北站的人马从沈阳乘飞机狼狈地在天津降落了，此时的天津和北平还都在国民党的手中。从战乱的东北来到天津，也算是让他们有了一个喘息的机会。当时从东北撤出的许多国民党有头有脸的人，一部分直接去了南京，而大部分人还是到了天津。

那段时间，天津国民党的营地，简直成了收容站，许多的士兵和下层指挥官从东北坐船逃到了天津港。一时间，天津显得乌烟瘴气，人满为患。

徐寅初一到天津便和军统局取得了联系，上级命令他们在天津待命。待命的日子里，徐寅初和部下们的情绪是低落的。这期间，天津站的军统同行也曾来看望过他们。待人家走后，徐寅初气急败坏地骂道：有什么了不起，等东北的共军杀过来，你们还不是和我们一样。哼！

待命的日子是难熬的。于是，徐寅初就带着乔天朝一次次去军统局天津站和总局联络他们这些人的安置问题。现在的东北站不复存在，电台也留在了东北，他们收、发电报只能通过天津站的电台来完成。徐寅初真切地体尝了落架的凤凰不如鸡的滋味。

来到天津后的乔天朝一直惦记着王晓凤的下落，到天津的第二天，他便得知东北站的家属们暂被安置到了南京。他悬着的一颗心暂时放松了下来。这段日子里，他最不放心的就是王晓凤，毕竟她还没有适应这种地下生活，他担心她有什么意外闪失。随着一天天过去，并没有什么坏消息传来，他纷乱的心才渐渐地安定下来。

在天津待命的日子终于结束了，上级来了命令，让他们东北站的原班人马重组济南站。原先的济南站在一个月前出了事——隐藏在济南站的地下党被敌人抓住，由此少将站长和所有与此事有瓜葛的人都被撤职查办。整个济南站一时处于瘫痪状态。也就在这当口上，徐寅初所率领的东北站临危受命。

徐寅初刚到济南不久，便命人把滞留在南京的家属们接到了济南。他没有忘记马天成和尚品的夫人，也一同将他们接了过来。他答应过马天成和尚品，要照顾好他们的家人，而此时的马天成和尚品，在东北是死是活没有人知道，他要信守自己的承诺。他知道，这么多双眼睛在看着他，他要做给这些人看，他是有情有义的。

乔天朝和王晓凤就是在这种情况下相见了。

一个多月不见，王晓凤似乎瘦了，也似乎更成熟了。这些日子，她真切地体会到了什么是煎熬。和乔天朝在一起时，她可以发牢骚，表达不满，因为那是她的战友。可到了南京，四面都是敌人，连个交流的对象都没有，这让她越发地思念组织，怀念和战友们在一起的日子。她甚至会突然想起乔天朝，自从离开东北，便和东北失了音信，有关东北的情况南京总部是清楚的，但不会和她们这些女人通报。后来，她还是在街头的报纸上看到东北陷落的消息，对国民党来说那是陷落，但对共产党而言那叫解放。为了这一条消息，她高兴了好几天。她不知道乔天朝的命运如何，也许乔天朝就此投入到了解放大军的怀抱，或者被国民党派到别的地方去了。她越是这么想，就越感到孤单。但她明白，就是见不到乔天朝，组织也不会扔下她不管。通过这段时间的地下工作，她坚信组织无处不在。别看南京是国民党的大本营，表面上一派歌舞升平的样子，但在那些陌生的面孔中，说不定哪个人就是自己人呢。

她在孤独中一天天煎熬着自己，终于等来了去济南的日子，这时她的一颗心才落了地。直到乔天朝领着她走进济南那个属于他们的“家”，她再也忍不住，靠在门背后，一行眼泪流了下来。乔天朝望着她，不知所措地说：怎么了，你我都平安，老家的人也很好，你这是怎么了？

她没有说话，望着眼前的“家”，喃喃道：这里可真好。

乔天朝望着她，长吁了一口气。

刘半脚和尚品的夫人是在到了济南后，才知道她们的丈夫并没有从东北出来，两个女人一下子没了男人，悲伤的心情可想而知。刘半脚披头散发地坐在院子里，仰着脸，一边喊着一边说：老天爷呀，你让俺没了男人，俺这下半辈子可咋活啊！老天爷你咋不睁开眼睛看看，俺刘半脚有多可怜啊！

乔天朝只能在一边做安抚工作，刚劝过刘半脚，尚品的夫人又痛哭流涕起来。乔天朝站在那里，看看这个，望望那个，他被女人的泣号弄得心里也不好受。如果抛开阶级感情，眼前的两个女人的确是够可怜的。军统站能管她们一时，却未必能管她们一世。

沈丽娜看到眼前的场景，站着说话不腰疼地说：这有什么可哭的，你们的丈夫留在东北，等国军再把东北夺回来时，你们的夫君可就是头等功臣哪，日后还不由着你们吃香的，喝辣的。到时候，我们想巴结你们怕还巴结不上呢。

刘半脚听了，呆呆地停了足有五秒钟，一旁的人们以为她听进去了，正暗自庆幸，没想到，刘半脚猛地一头扑向沈丽娜，号叫着：俺男人不想吃香的，喝辣的，你男人咋不留在东北？你有男人搂着，就在这儿说风凉话。

如果说男人在时，这些女人还会顾及上下级的关系，沈丽娜毕竟是站长的夫人，但现在男人没有了，还讲什么上级下级的。两个女人全然不顾了，她们要向沈丽娜讨个说法，于是疯了似的向沈丽娜扑过去。沈丽娜“嗷呦”一声，便向外跑去。

从那以后，人们经常可以听到刘半脚和尚品的夫人哭天喊地的声音，对她们来说，失去男人，天便塌了。

乔天朝和王晓凤到了人生地不熟的济南，一时就像断了线的风筝，他们迫切地希望尽快和组织取得联系。

夜晚，两个人都睡不着。王晓凤蹑手蹑脚地把里屋的门推开一条缝，小声地问：喂，睡着了吗？

乔天朝从沙发上坐了起来，点了支烟。王晓凤从里屋走出来，两个人便借着暗影有一搭、无一搭地说话。

她问：组织上不会忘了我们吧？

他说：怎么会。现在没有联系我们，可能还不是时候吧。

她又在黑暗里问：你说老家那些战友们现在在做什么呢？

他思量了一下道：也许是行军，也许在打仗，说不定也正在休息。

一说起这些，两个人就都有些兴奋了。于是，她就一遍遍地讲打游击时的趣事，有些事她已经说过许多遍了，但还是忍不住要说，每说一遍都有一种新鲜感。他也喋喋不休地讲他在侦察连“抓舌头”，搞侦察。两个人说这些时，似乎就是两个没有长大的孩子，在和组织失去联系的日子里，他们就是靠着记忆打发漫漫长夜。

组　织

那天早晨，乔天朝和往常一样到军统局济南站上班。门口的卫兵递给他一封信，信封很薄，连口都没有封。他疑惑地打开了信封。说是信，还不如说是一张便笺更准确，一张纸上，只留有一行娟秀的小字：表哥，老家来人了，想见你，住在巷民路 28 号。落款是表妹。

他看完信，难以掩饰内心的激动，这是组织向他发出的信号。他随口向卫兵问道：是什么人来送信？

卫兵告诉他，是一位穿红色旗袍的女士。

那一天，他都是在兴奋与不安中度过的，这是他来到济南后最高兴的一天，其间还忍不住吹了几声口哨。

还没到下班时间，他便向徐寅初请假，说自己的表妹来济南了，他要过去看看。此时，济南站刚成立不久，除了从东北撤出的人外，军统局又补充了一些人员，徐寅初在工作时就亲疏远近分得很清楚，用他的话说，东北站过来的弟兄们是经过考验的，他是信得过的。那些新分到军统局济南站的，要想被徐寅初从认知到信任，还有很长的路要走。

徐寅初关切地问道：有什么需要帮忙的，你尽管讲。济南地面上的事，咱们军统的人还是能摆平的。

谢谢站长。乔天朝向徐寅初敬了个礼，转身走了出去。

乔天朝和王晓凤几乎是怀着迫切的心情来到巷民路28号。他们是坐着车过来的，既然向徐寅初请了假，他就要明目张胆一些，地下工作的经验告诉他，某些时候越是明目张胆，越不容易引起人们的怀疑。

车开到巷口时，就停下了，他和王晓凤步行往里走，终于看到了巷民路28号，发现这里是个茶馆。屋里的光线有些暗，乔天朝一边往里走，一边适应着，王晓凤紧随在他身后，突然听到一个女声喊道：表哥，你来了。

接着他就看见一个年轻女子，款款地从一只茶座后站了起来，果然是一身红旗袍，他忙应了声：表妹——

女子伸出手，引领着他们来到雅间，这里的光线比外面亮多了，临街，透过窗子能看见外面的行人。三人落座后，女子先自我介绍道：我是山东省委的交通员，叫我李露好了，以后由我负责和你们联络。

乔天朝激动地说：太好了。这段时间一直没人与我们联系，我们都急死了。

李露解释道：前一段时间，我们的一个交通站被敌人破坏了，这是老家刚建起来的一个点儿。以后有什么事，你们就到这里来找我，我不在，找姨妈也行。

说完，李露朝外面喊：姨妈，你来一下。

这时，一位中年妇女走进来，亲切地冲二人点头。李露交代道：就是这两位同志，乔天朝和王晓凤。

到这儿就是到家了，欢迎常来做客，你们以后就叫我姨妈吧。

王晓凤忙说：以后要是我没事，经常过来坐一坐，说说话行吗？

姨妈笑眯眯地说：当然行，咱们不是亲戚嘛，你们在济南有了这么一门亲戚，哪有不走动的道理。你们坐，我去包饺子，晚上咱们一起吃饺子。

两个人许久没有和自己的同志面对面放松地说话了。几个人分析了眼前形势，国民党在东北落败后，便忙着在华北和华中调集兵力，想阻止四野大军向南方推进的速度，最后只能把宝押在了长江以南。现在的长江沿线在大批地修筑工事，这是国民党的最后底线。济南地处不南不北的地界，这也是国民党力保的地盘，因此，在济南周围囤积了大量的兵力。组织上精心建立起来的交通站，被敌人破坏了大半，巷民路 28 号的建立，组织上是有考虑的，首先要保证联络的畅通，尤其是和乔天朝的联络。建这个交通站时，组织就没有想过保密，反而需要利用乔天朝的特殊身份，对这个交通站进行保护，于是由李露亲自出面，以表妹的身份去找乔天朝，并以公开的形式给他留下联络信函。

乔天朝和王晓凤对组织的这一决定，既感到亲切，又感到意外。

最高兴的还是王晓凤了，她拉着乔天朝的胳膊说：以后，我们也有家了。

那天晚上，他们就在茶馆里一起吃了饺子，表哥、表妹、姨妈地叫着，亲得就跟一家人似的。

吃完饭后，李露陪着乔天朝和王晓凤在街上走了走。李露一只手挽着乔天朝，一只手挎着王晓凤，她冲乔天朝道：表哥，你下次来时穿上军服，也让人们知道你是军统的人，这样，别人就不敢欺负我们了。

她说这话时，声音显得很夸张。恰巧，他们身边一队荷枪实弹的士兵走过。

乔天朝也大着声音说：表妹你放心，在济南没有军统局办不了的事，以后生意上有什么困难，就找表哥。

在外人看来，他们就是其乐融融的亲戚关系。

待走到没人处时，李露突然放低声音说：你们为什么还不打报告啊？

她唐突的问话，让两个人一时摸不到头脑，怔怔地一齐望向她。乔天朝终于问道：什么报告？

结婚报告啊！别人有的在一起工作几个月就打了报告，这样有利于工作啊。

两个人一下子噤了声。从东北到济南，他们相处快一年了，李露没有捅破这层窗户纸之前，两个人真的没有过这方面的想法。工作就是工作，况且他们也一直是以同志的关系相处的。李露的手放开了乔天朝的胳膊，在王晓凤耳边嘀咕起来。乔天朝听不清她们说些什么，但还是红了脸。

那天，两个人在回来的路上，谁也没有再说话，望着车窗外想着各自的心事。直到进了屋，他们依然沉默着。乔天朝随手打开了灯，突然而至的光明，让两个人都觉得非常刺眼。

对王晓凤来说，她隔三岔五地就会想起李志。在南京和刚到济南时与组织失去联系的日子里，她一直在想着两个人，一个是李志，另一个就是乔天朝。想起李志时，是那种温馨和浪漫的感觉，两个人在打游击时，一个是队长，一个是政委，常因为各执己见争得面红耳赤，甚至是几天都不说一句话。后来，因为工作变动，李志去团里当了政委，她则在野战医院做了教导员，分开了，却多了份思念。那时，李志经常骑着马到野战医院来看她，当时她也没想太多，总觉得这就是友谊，是那种战友情，相互间看看也很正常。后来，也许是战友们的玩笑开得多了，她开始发现几天不见李志，心里竟空落落的，直到李志再一次出现在她面前。

在南京时，她一面担心着乔天朝的安危，一面想念着李志。两个男人始终交叠着在她的眼前闪现，但那种感觉是如此的不一样。

今晚李露无意中的一句话，让两个人都警醒起来，他们开始重新审视对方了。李志的形象在那天晚上竟顽固地出现在王晓凤的脑海中，要不是突然而至的特殊任务，她是不会离开他的。

当晚，她做了一个梦，梦见李志打马扬鞭地向自己奔来，一边跑一边喊：王队长，我来看你了。

作为乔天朝来说，此前他也没有考虑过婚姻问题，从入伍到担任侦察连连长，他是在战火中成长起来的。因为年轻，也因为没完没了的战斗，他根本无暇顾及自己的恋爱和婚姻，就是有那个想法，当时也没有这个条件。打入敌人内部后，整日都在适应这种特殊的环境，他所有精力都用在了扮演自己的角色上，同时还要完成组织交给他的种种任务。东北战局结束得如此顺利，和他提供的机密情报不无关系。

此时，身处济南的乔天朝在那一晚有了心事，他开始留意起近在咫尺的王晓凤了。以前，两个人虽然生活在一个屋檐下，却从没有真正地关注过她，只把她当成了自己的战友，在配合着完成一项任务。

中共地下山东省德州区委书记李良同志被敌人秘密逮捕了。李良是在去接头的路上被敌人抓获的。他伪装的身份是百货行的老板，但行踪还是被中统局的人给盯上了。敌人逮捕李良后，又把他秘密地押解到了济南。

地下交通员李露带给乔天朝的指示是，要全力营救李良同志。因为敌人还没有十足的把握确定李良就是共产党，目前也只是怀疑，想利用酷刑让其招供。

乔天朝是认识李良的，三师在山东开辟根据地时，李良正是德州地区的游击队队长。李良的游击队当时负责给侦察连带路，绕到了鬼子的据点身后。那一次，游击队配合五团一起端掉了鬼子的据点。战后缴获的一批武器，奉上级指示送给了游击队。乔天朝亲自带着侦察连把这批精良的武器送到李良手中，当时李良和游击队员们激动得手舞足蹈。当晚，李良请乔天朝喝了“地瓜酒”，也就是在那次的交谈中，乔天朝知道，李良很羡慕他们三师这支正规军，他一直希望三师能够把他们收编了。之后，乔天朝也向组织申请过几次，但由于斗争的需要，游击队成为正规军的想法一直没有能够实现。三师北上后，李良的工作也转入了地下。

这是乔天朝第一次领受营救战友的任务。做这件事之前，他综合考虑了一番眼前的局势，通过在东北站的工作，徐寅初已经比较相信他这个副官了，患难识知己大概说的就是这个意思。但要想救出李良，凭他单枪匹马地抛头露面，那几乎是不可能的事情。他要以军统局的名义出面营救李良，只有这样，才能有几分希望。可要以军统局的名义，就不能绕过徐寅初这一关，那样的话，将适得其反。他决定先和徐寅初谈谈。

那天傍晚，他带着王晓凤来到徐寅初的家。自从到济南后，徐寅初就住进了军统局济南站院内的一栋二层小楼。日本人在时，这栋楼里住过一位日本大佐，房间里的摆设依稀可以看出日本人住过的痕迹。

乔天朝和王晓凤的突然造访，让徐寅初和沈丽娜看起来很高兴。沈丽娜一定是寂寞难熬了，她亲热地拉着王晓凤的手，把她带到了楼上。

乔天朝有一搭、无一搭地和徐寅初说了几句站里的事。徐寅初话锋一转：乔副官，你今天来，不是和我说工作上的事吧？

乔天朝为难地笑了笑，然后才说出实情。他把李良称作表哥，这段时间他经常去巷民路28号，军统站的人几乎都知道乔天朝在济南有个姨妈和表妹开茶馆，做生意。现在从乔天朝的嘴里冒出个表哥来，徐寅初并不感到意外。他盯着乔天朝半晌道：乔副官，我相信你的人品，这事其实你自己就能办，别忘了你是我的副官，可你却还主动来找我，不错！你是个有头脑的人，这个忙我帮了。说完，他又重重地在乔天朝的肩膀上拍了两下。

徐寅初当即拿起电话，先接通了中统局，毕竟这个案子是中统局的人办的。接着，又打通了守备区的电话，把李良的情况说了，对方对军统局的来电不敢怠慢，答应马上查出李良的下落。

徐寅初放下电话，轻描淡写地说：小乔，虽然我们身为军统的人，但我们也是人啊！以后有什么难处，你直接来找我好了。

乔天朝忙说：谢谢站长的信任。

徐寅初又道：乔副官，你还年轻，一定有大展宏图的机会。你跟我也好几年了，我信得过你，等日后有机会，我一定会推荐你的。

乔天朝站了起来，一脸感激地说：谢谢站长栽培，您放心，我乔天朝不论到了哪里，都是您的人。

两个女人在楼上的悄悄话也接近了尾声。这时，王晓凤笑眯眯地从手袋里摸出两根金条，不声不响地塞到了沈丽娜的手里。沈丽娜看到黄澄澄的金条，眼睛都睁圆了，然后嗲着声音说：好妹妹，你太客气了。

王晓凤不失时机地说：老家的人出了点事，还请你在徐站长面前美言几句呢。

沈丽娜听说是有事相求徐寅初，收金条的动作就显得心安理得起来。她拿捏着表情说：都是自家人，还客气什么。

接下来，就是送客了。

送走客人的徐寅初，自然就发现了沈丽娜手里的金条。徐寅初不是个贪财之人，以前也有军官向他行贿，都被他拒绝了，而他自己也从不行贿，因此，在军统局他就显得很不得志，四十多岁的人了，才混个站长，至于肩上的中将军衔，不过是个安慰罢了。对他的不得志，沈丽娜以妇人之见多有抱怨，如果当初他肯活动一番，也不至于把他派到乱事纷纭的东北。沈丽娜一心想让他留在上海，毕竟她熟悉那里，而那里的生活也才能让她如鱼得水。如今，徐寅初总觉得亏欠沈丽娜许多，不仅是让她遭苦受罪，还有一点他没有说明的是，他在苏北老家是有妻室的，至今还每月偷偷地往老家寄钱。因此，内心的愧疚，不得不让他在沈丽娜面前矮了半截。

此时的徐寅初见沈丽娜高兴，便也兴奋了起来。面对年轻貌美的沈丽娜，他很快有了兴致。两个人钻到卧室，激情四溢地夫妻了一回。最后，还是沈丽娜提醒了他一句：乔副官的事，你帮帮忙好了。

徐寅初嘴上没说什么，心里却想着：小乔这人不错！

乔天朝是在第二天中午时分见到李良的。

李良被关押在守备区的一间牢房里。看来敌人已经用过刑了，李良身上到处都是伤，此时嘴角还挂着血痕。来之前，乔天朝在守务区司令部看到了李良的口供，那上面除了名字、职业和年龄外，口供一栏里一片空白。

司令部的人听说军统局的人要来看李良，吓坏了，一边忙前忙后地照顾乔天朝，一边积极地介绍李良被抓的原因。昨天徐寅初亲自把电话打到守备区司令部，过问李良的事情，他们就知道这次是碰上硬茬儿了。军统局的人他们是不敢惹的，把军统局的人得罪了，自己的前程也就到此为止了，说不定让军统局的人抓到把柄，还会治你个莫须有的罪名。蹲监狱事小，丢了脑袋也是常有的事。听乔天朝说明来意后，那些办案的人忙点头哈腰地说：乔副官，我们真不知道他是您表哥，这真是大水冲了龙王庙，一家人不识一家人。

当乔天朝提出要见一见表哥时，他们哪里还敢耽搁，立马小跑着在前面带路了。

李良做梦也没有想到会在这里碰上乔天朝。他以为是自己看错了，瞪着眼睛，足有几秒钟才清醒过来。

乔天朝假戏真做地说：表哥，对不起，让你受罪了。

说完，忙上前去查看李良的伤情。一旁的司令部的一名军官，赶紧命手下为李良去了手铐，并表示马上为李良治伤。那名负责办案的上校军官，就差当着乔天朝的面扇自己耳光了。

李良知道自己获救了。乔天朝一出现，他便什么都明白了，这是组织在营救他。他从被捕的那一刻起，就做好了牺牲的准备。

乔天朝当天没有接走李良的原因是，守备区的人还要例行公事地结案，他们要向中统局的人有个交代，因为人是中统局的人抓来的。程序还是不能少的，乔天朝一走，司令部的人便把李良请到了招待所。

第二天，乔天朝带着军统站的车，把李良从守备区接了出来，一直拉到了巷民路 28 号。德州是不能回了，虽然这次没有被抓到把柄，但不等于日后就安全了。

乔天朝眼含热泪和战友挥手告别。

锄　奸

王晓凤是在坐着黄包车去巷民路28号的路上碰到童刚的。

她现在每天都要到巷民路28号去一趟，她把乔天朝的情报送过去，再把组织的指示带回来。她对这样的工作乐此不疲，最初是因为寂寞，乔天朝一走，家里连个说话的人都没有，自己仿佛跌进深不见底的黑洞里。自从有了巷民路28号交通站，她的生活发生了改变，一天不去交通站和那里的同志们坐一坐，她的心里就空落落的。只有到了交通站，她的心才安定下来，仿佛回到了“老家”。

现在的乔天朝几乎每天都会有新的情报需要她送往交通站，于是，她就怀揣情报，往返于军统局和巷民路28号之间。

然而，这一次却发生了意外。黄包车本来跑得好好的，突然前面的路口穿过一支队伍，这是保安队的人没事在街上闲逛。黄包车夫把车停在路边，等保安队的人走过去。队伍里那个端坐在马上的人引起了王晓凤的注意，这个人怎么看都像当年游击队第三小队队长童刚。他怎么会在这里？她的心顿时紧了一下，她急忙又把那人仔细看了两眼，没错，就是他！他额头上那个伤疤还在，那是扒日本人的火车摔下来受的伤。

骑在马上的童刚似乎也在审视着她，看了一眼，又看了一眼，嘴里还“咦”了一声。队伍走过去了，那人居然跳下马，呆怔地仍朝这边望。

王晓凤低声冲黄包车夫道：快走。

黄包车拉着她便跑了起来。一路上她都在想：童刚怎么会在这里？

交通员李露有别的任务不在，王晓凤忍不住和姨妈说了，姨妈也说不清事情的原委，只说马上要向组织汇报此事，并提醒王晓凤在真相没有搞清楚前，一定要注意安全。

那天王晓凤一直在巷民路28号待到晚上，才由姨妈护送着回去。一天的时间里，她都显得魂不守舍，脑子里一直琢磨着童刚的一种结果是，他仍然是自己的同志，现在也打进了敌人内部；还有一种结果就是他叛变了，成了敌人。而后一种结果，让她感到事情相当严重，她认出童刚的同时，童刚也一定认出她了。在游击队时，王晓凤是童刚的领导，他们一起摸爬滚打了那么多年，不是换一种装扮就能蒙混过去的。如果童刚没有认出她，就不会是那样的表情。王晓凤第一次感受到了事情的危险。

她回到家，见到乔天朝的第一件事，便把见到童刚的事情说了。乔天朝当时没有说话，他点了支烟，在客厅里走了两个来回。他当即接通了守备区司令部的电话，让他们查一查童刚这个人。

军统局想查保安大队的事情，简直太容易了，不过十分钟，司令部的人便把电话打了过来。此时的童刚是保安大队的大队长，是变节投诚过来的，结论是：这人尚待结论。

乔天朝对司令部的人没多说什么，只回了一句知道了，便放下了电话。他知道，司令部的人不可能、也不敢对他隐瞒什么。得知童刚变节的背景，他便不太敢相信此人了，但也不能排除他就是以此打入敌人内部的。目前在结论没有出来之前，乔天朝命令王晓凤，不要再随意离开军统局济南站大院，一切还要等老家的消息。

还没等来老家的消息，第二天乔天朝一上班，就被案头上的一份密件震惊了。那封密件就是关于王晓凤的。密件上的内容是：鲁中南游击队队长王迎香出现在济南街头，被保安大队巡逻队发现。同时密件抄送各机要单位，严查共产党。

这份密件对军统局来说并不是什么大事，甚至只是小事一桩。他们每天接到这样的密件不下几宗，最后都由机要部门存档封存。乔天朝的工作就是依据这些情报，汇总出自己需要的，有些情况敌人并没有重视，但他根据这些情况，会分析出情报以外的种种信息。这种信息便源源不断地送到交通站，再由交通站的人送回老家。

这份密件足以证明，童刚真的是变节分子，而且还有些急不可耐。乔天朝在那封密件上批了个“阅”字，就交给了徐寅初。这种阅件的方式在军统局已形成了规律，不管多么紧急的密件，按程序都要先送到副官手里，然后由副官按轻重缓急，再呈报给徐寅初。

徐寅初先是浏览了一遍密件，看到“女游击队队长”几个字时，似乎来了兴致。他又把密件看了一遍，然后提笔在上面写了一行字：中统局是干什么吃的?！过一会儿，想想又觉不妥，把一行字画掉，写了批示：转告守备区并中统局有关人员，尽快归案！

在徐寅初的眼里，中统局那些人就是只会吃干饭、不干活的一群人。按说这件事该是军统的责任，但军统和中统作为两大派系历来不睦，相互间多是指责和推诿，到了下面各站这一层，也概莫能外。

徐寅初签完字，乔天朝手拿密件交保密室处理了。不用半天的时间，经由徐寅初签字的这份密件便会传送到济南所有的部门手中。也就是说，这份密件得到了重视，军统站虽然没有插手，但监视这个案子办下去，无形中给中统和守备区的人以很大的压力。

乔天朝的心情是沉重的，自己昔日的同志变节了，这样的例子有很多，但这次直接关系到王晓凤和自己的安危。他知道，他这枚棋子是老家苦心经营的结果，如果自己有什么不测，将会给组织带来莫大的损失。

他从敌人的密件中已经了解到，共产党的第四野战军近百万人已经冲出山海关，直抵天津和北平。看到这样的密电，他的心里是兴奋的，看来国民党的日子长不了了，他一直等待着回“老家”的那一天。但同时他也清楚，回家的路还很漫长，毕竟大半个中国仍掌控在国民党的手中，因此，他也觉得自己肩上的担子越发沉重了。

交通站李露带来消息验证了乔天朝的判断，童刚的确叛变了。日本人投降后，鲁中南游击队的一部分并入到了正规军，另一部分则改成了县大队。童刚并入县大队后，担任区队长的职务，留在原地打游击。在一次执行任务中，被敌人包围了，在突围无望、又无援兵的情况下，他带着几个兄弟打出了白旗。敌人为了嘉奖他，将其调到了济南，当上了国民党的保安队大队长。

无巧不成书。他在大街上巡逻时正巧碰上了王晓凤，此时的形势就有些危急了。

现在摆在眼前的只有两条路，要么组织尽快把王晓凤调走，要么就是除掉童刚。组织在权衡利弊之后，决定锄奸，以绝后患。

王晓凤知道童刚是叛徒时，咬牙切齿地握紧了拳头，恨不能一拳敲碎他的脑壳。她从心里瞧不起叛徒，那是软骨头，有奶就是娘。她恨童刚这个败类，更想亲手除掉他。

除掉童刚，组织上自有安排。几日之后，乔天朝得到消息，共产党的两名游击队员，潜进保安大队，刀刺保安队大队长童刚未遂，于是双方发生枪战，保安队大队长受伤，两名游击队员趁乱逃离。在追捕过程中，游击队员拉响了带在身上的手雷，与敌人同归于尽。

当乔天朝把这份密件送到徐寅初的案头时，徐寅初用笔敲着桌子说：看来这个女游击队长是共产党手里的一张很重要的牌啊！说到这儿，他还冲乔天朝笑了笑，然后拿起笔，在那份密件上写了一句话：女游击队队长是条大鱼，要尽快拿下。

写完，他放下笔，闭上眼睛，仰靠在沙发上。

乔天朝转身离去时，心里一时不知是何滋味，为了一个叛徒，白白搭上了两名同志，重要的是，那个童刚还活着。

王晓凤知道这一消息时，她暗自决定：一定要亲手杀了这个叛徒，给同志们报仇。

她是在乔天朝那里知道叛徒童刚住在梧桐路市立医院养伤的。童刚身上的非要害处中了两枪，就小病大养地住进了医院，他要借此提高自己的身价。自从被任命为保安队大队长，他就感到自己在国民党眼里是个可有可无的人，如同鸡肋，现在遭到共产党的暗杀，说明自己还是有用之人。尽管他的肩头和腿上，只是被子弹擦伤，但他还是把自己安排住进了医院，还弄了两个保安大队的人做自己的保镖，日夜不停地守在病房外。

有了这次惊吓，他真的有些后怕了，没想到都这么长时间了，共产党还不放过他。他坚信路上和王迎香绝不是巧遇，那只是刺杀他的序曲而已。见到游击队队长王迎香之后，他就预感到事情有些不妙，却不料游击队下手如此之快。虽然这次没有让他们得手，但谁又能保证下次呢。

那天，乔天朝回到家里的时间和往常并没有两样。但他却没有发现王晓凤的身影。他屋里屋外寻了个遍，仍没有她的影子。以前这样的情形也有过，但每次她都会给他留字条，自从童刚认出王晓凤后，她已经有许多天没有外出了，这是他给她定下的纪律。现在知道童刚受伤住院，她也许放松了警惕，又去了巷民路 28 号。这么想过后，乔天朝给自己做了一碗面。

吃完面了，仍不见王晓凤回来，乔天朝就有些不安了。在吸了两支烟后，仍不见王晓凤的影子，他再也坐不住了，换上便装，把枪别在腰上，出了门。

他招手叫来一辆黄包车，直奔巷民路 28 号。在那里他并没有发现王晓凤的身影，这么晚了，他还是第一次光顾这里。李露和姨妈都很吃惊，她们把他带到雅间，才知道王晓凤上午来过，可还没到中午就离开了。李露和姨妈得知王晓凤神秘失踪，顿感事情不妙，想分头去找，被乔天朝制止了，此时的他已经心中有数了。

离开巷民路 28 号时，黄包车夫仍等在门口。一见他出来就笑了，很有预见地说：俺就知道你在里面待不长哩。

他跳上黄包车，冲车夫道：梧桐路市立医院，快！

经过这么长时间的相处，他太了解王晓凤了，上次偷枪的事件仍然让他心有余悸，此时她又不在巷民路 28 号，他意识到要出事了！他后悔自己在她面前说出童刚住院的事。

赶到市立医院门口的时候，还是来晚了。这里已经戒严了，有保安队的人，也有守备区的人，他们在医院门口拉上了警戒线，正在严查进出医院的人。他向前走去，竟意外地被拦住了。他亮出证件，马上有一个小头目样的人跑过来说：长官，下级愿意为您效劳。

他铁着脸问：发生了什么事？

那小头目结结巴巴地答：保安队童大队长被人杀死在病房里。

他的预感得到了应验，心脏顿时快速地跳了几下，接着又沉声问道：人抓到了吗？

小头目摇摇头，又结结巴巴地说：医院让我们围上了，他、他跑不了。

他什么也没有说，径直朝出事的病房走去。

二楼的一间病房里，童刚死不瞑目地大睁着眼睛，脸上的惊惧挥之不去。门窗和屋里的一切都好好的，看不出打斗的迹象。他在医院里楼上楼下转了几圈，以便尽可能地暴露自己，他希望躲在暗处的王晓凤能够看到自己，在团团围住的医院里，她很难逃离，只有他才能把她带出去。可他一连转了几圈，仍没有发现王晓凤的影子，他疑惑她会跑到哪里去？

王晓凤在一天的时间里，已经来过两次医院了，第一次是来踩点。她把自己装扮成病人的样子，脸上蒙着纱巾，捂着肚子，轻而易举地就找到了叛徒童刚的病房，也正是门口的两个保安引起了她的注意。她捂着肚子靠近一些，透过门缝看见躺在床上的童刚吸着烟，嘴里还哼着小调。她的靠近，引起两个保安的不满，挥着手里的枪，骂骂咧咧地把她赶走了。

出了病房，她又楼前楼后地转了一圈，她要熟悉这里的地形，就像当年端掉鬼子的炮楼，也要先摸清情况，再下手。她在楼下的空地上转悠时，发现那里的树上晾晒了病号服，还有医生、护士的白大褂。她灵机一动，顺手将一件护士服和一只口罩塞到了自己的衣服里，此时的她，倒更像个孕妇了。

做完这些时，她的心里有了底。回到家里，她简单地吃了饭，又躺在床上睡了一会儿。天擦黑儿的时候，她就出去了。

轻车熟路地进了医院，王晓凤躲在暗影处，换上护士的衣服，戴了口罩，大摇大摆地走进病房区。

她在寻找着下手的机会。走到二楼，来到叛徒童刚的病房外，发现站在门口的保安只剩下一个了。她走到门口，门口的保安讨好地冲她说：医生您查房啊，我们大队长没事，啥事都没有。

她用脚尖碰开病房的门，童刚正坐在床上擦着枪，看见她进来，嬉皮笑脸地道：护士小姐请坐，陪我说说话，俺都快憋死了。

她在鼻子里“哼”了一声，心里说：等一会儿阎王爷会陪你说话。然后，转身出了病房。童刚急得在后面大喊：小姐，你咋就走了呢，啥时候给俺换药啊？

她知道这时还不是下手的时机。她楼上楼下地又转悠了一会儿，看时间差不多了，她又回到二楼，童刚病房外的保安已经在椅子上打起了瞌睡。她知道，下手的机会来了。

她推开病房的门，轻手轻脚地向里面走去。叛徒童刚果然心虚，就连睡觉也开着灯。童刚在打鼾，高一声、低一声的，她立在床边，双手伸向叛徒的脖子。突然而至的袭击，让童刚睁大了眼睛，她腾出一只手，扯下脸上的口罩，低声道：这回你知道我是谁了吧。

童刚一脸的惊惧，想说什么又说不出，手脚乱舞了几下，一歪头，死了。她意犹未尽地又拿起枕头捂向童刚脸上时，就发现了那把枕下的枪。她犹豫了一下，还是把枪提在了手上。

出门的时候，保安蒙眬着眼睛冲她说：护士，您换药啊。

她头也不回地走了。

离开医院很远了，医院方一阵大乱。

乔天朝回来的时候，竟看见王晓凤没事人似的坐在那里看一份报纸。见他回来，她抬起头，一脸喜气地看着他。

他凝视着她，态度很不友好地指责道：你知道你都干了些什么？

她站起身，轻描淡写地说：我去锄奸了，怎么了？组织上不是要锄奸吗，我完成了任务。

乔天朝手指着她，气得竟说不出一句话来。

那天晚上，乔天朝失眠了。他在考虑王晓凤作为地下工作者的资格，从东北的偷枪事件，到这次的医院锄奸，两次鲁莽行事，若稍有闪失，组织苦心经营的地下工作站将土崩瓦解。地下工作最重要的任务就是隐藏，越深越好，就凭这一点，王晓凤是不称职的。

夜深人静的时候，乔天朝从沙发上爬起来，再一次给组织写了报告，要求调离王晓凤。而此时的王晓凤却全然不知，她睡得很香，轻缓的鼾声，丝丝缕缕地飘浮着。

第二天一早，乔天朝就去了巷民路 28 号。他预感到，这次组织一定会把王晓凤撤走。

王晓凤并不知道乔天朝背着她又打了一份调离她的报告，按照她的逻辑，她没有错，组织提出锄奸，她就去锄了，现在她终于安全了，这个地下站也就安全了。同时她还意外地收获了一把枪，这次她吸取了在东北站时的教训，把枪埋在了地下，不挖地三尺的话，谁也休想找到它。

有了枪，她的腰板都硬了。乔天朝一走，她就把门窗关上，窗帘拉上，把枪从地下翻出来。她对枪真是太熟悉了，她从枪膛里退出子弹，黄澄澄的五粒子弹映得她眼前一阵眩晕。有了枪，她才觉得自己是名真正的战士。她把枪拿在手里，左看右看，然后又插在腰上，在屋子里走了几个来回，待确信自己真正拥有了这把枪时，才长吁了口气，用布把枪裹了，小心翼翼地把枪藏到了床下。

傍晚时分，乔天朝比平时早回来一些，手上还拎了一袋吃的东西。一回来，他就把这些吃的摆在了桌子上，看起来很丰盛。

王晓凤睁大了眼睛冲他说：干吗呀？不年不节的。

他不说什么，找出一瓶酒、两个杯子，把酒倒在杯子里，这才请她入座。

她看着他，嬉笑道：你这是为我庆功呢！组织上是不是表扬我了？

他举起酒杯，独自喝了一口。她也忙端起酒杯，抿了一下，然后抹抹嘴说：组织上怎么说？

他终于开口了：王迎香同志，你跟我工作了这么长时间，我应该对你说声谢谢。

她听了，咧开嘴笑了，表情竟有几分不好意思：这哪儿跟哪儿啊，到你这儿来是组织命令我来的，按照我自己的意愿，我还是愿意在部队工作，不像在这里，这也不许，那也不行的，我都快烦死了。

他又喝了一口酒，正色道：王迎香同志，经过这段时间对你的了解，你的确不适合这里的工作。

她惊怔了瞬间，马上反应过来，顿时眉开眼笑地说：这么说组织上要调我走了？什么时候走，明天还是后天？

很快。停了一会儿，他又说：这次让你走是我提出来的，这里不是东北，你现在走，只要找个合适的理由，军统的人是不会怀疑的。

她听了几乎是雀跃起来，一高兴就把杯子里的酒喝光了，然后手舞足蹈地说：克豪同志，真是太感谢你了。你不知道，我天天晚上做梦都想回部队去。

他不搭她的话茬儿，自顾自地说下去：你离开这里，我会为你写一份鉴定的。放心，我不会说你的坏话。

说到这儿，他认真地望着她又补充道：你是一个好同志、好战友，勇敢、自信，可你真的不适合这样的工作。

听了他对自己的评价，她也真诚地说出了心里话：我知道，锄奸违反了纪律，可我真是想为组织多做点事。在这里除了送信之外，就没有事情可做，我都快憋疯了。让我回部队杀敌人，那样的工作才适合我。你说我现在做的工作有什么意思？刘克豪同志，你说我说的话有没有道理？

他不想和她理论是非曲直了，其实她什么都明白，就是到了关键时刻把握不住自己。他们此时是信得过的战友，就凭这一点，足够了！他举起酒杯和她碰了一下：王迎香同志，希望你回老家后，工作愉快！

她开心地笑了。也许是酒精的作用，她的脸红扑扑的，她一边笑，一边望着他说：李露说别的工作站的同志，人家在一起工作半年就打报告结婚了，那是人家处出了感情，你说我俩咋就没处出来呢？

他一时竟回答不上来，对这个问题他还真的没有想过，他就愣愣地望向她。她的确有了酒意，他也觉得自己的眼皮有些发沉，他起身收拾着桌上的碗筷，被她拦住了：我来吧，过两天我走了，你还不得天天干这个。你一个大男人，这么多年，一个人担惊受怕的，真是难为你了。

也许是说者无意，听者有心，他呆怔地望着她忙碌的身影，两个人在一起生活的点点滴滴，如一幅幅画在眼前闪过，一时间，他对于她即将离开，竟有了一丝眷恋。

从她过来协助他工作，他便觉得自己不再那么孤单了，遇事也有了商量。每天下班回来，饭菜早已上桌，她像一个真正的妻子似的嘘寒问暖，令他感动不已。每天下班后，他的心都像被什么牵着，急急地往家里赶，只有看到她，悬着的一颗心才放回到肚子里。在敌人内部工作，脑子里那根弦一直是紧绷的，回到家他会把敌人的最新动态讲给她听。他说这些完全是有意的，他想把更多的信息传达给自己的战友，万一自己出事了，战友也许能及时地把信息送出去。在敌后工作，他已随时做好了牺牲的准备。

现在，她真的就要走了。想起两个人在一起工作的日日夜夜，乔天朝的心情变得复杂起来。

收拾好碗筷，她从厨房里走出来，坐在他身边的沙发上，一脸认真地说：这两天想吃什么？你说，我给你做。过两天我走了，就没人给你做饭了。

他把目光移向别处，勉强地笑笑：你怎么也学会磨叽了。吃饭事小，工作是大事。

以后你一个人可要注意自己的安全，身体也要当心。我回老家后，会一直关注这里的，毕竟这也是我工作过的地方啊。王晓凤说。

那好。等我回老家的那一天，你可得带着队伍来接我。乔天朝半真半假地看着王晓凤说。

行！我一定请一个鼓班子，热热闹闹地去接你。

就在他们等待组织撤走王迎香的消息时，一个更大的消息传遍了全国，北平和平解放了。平津战役取得胜利，一大批败军从北方撤了回来，塞满了大街小巷。

解放军的队伍，仿佛一夜之间就滚雪球似的壮大起来，他们一直向南挺进。坐镇南京的蒋介石紧张起来，徐州、济南沿线的守军一时间都紧张了起来。昨天，他们觉得这里还是后方，战火似乎离自己还很遥远，不想一夜间，这里便成了战争的前沿。于是，国民党的部队重新布防，一拨队伍调走了，又有一批人调进来，队伍的换防就跟走马灯似的。

坐镇南京的蒋介石提心吊胆，过着惶惶不可终日的生活。他调集重兵，踞长江天险，重兵布防，他要用最后的赌注和共产党决一死战。

改　变

组织同意王迎香调离地下工作的通知，自然是李露带来的。那封通知中交代，让乔天朝处理好善后事宜。乔天朝明白善后意味着什么，在这之前，他已经设计好了王迎香的善后。

那天晚上，他带着王晓凤又一次来到了徐寅初的家。

徐寅初和沈丽娜热情地接待了他们。当乔天朝说出准备让王晓凤回徐州老家去探望生病的母亲时，徐寅初没有立刻说话，他托着下巴，仔细地望着乔天朝。

沈丽娜听说王晓凤要走，就用空前的热情把王晓凤拉到了另外一个房间，说起女人家的私房话来。

徐寅初站了起来，背着手在乔天朝面前踱了几步。乔天朝的目光就随着徐寅初的身子在转，他不担心徐寅初怀疑什么，这一点他是清楚的。他跟着徐寅初从东北到济南已经有几年的时间，徐寅初最初对自己的怀疑已经打消了，可以说，军统局济南站，目前徐寅初最信任的就是他了。他当初将最为信任的尚品和马天成留在了东北，现在是死是活没人知道，和徐寅初一起从东北逃出来的人，在徐寅初的心里还没有过考验期。许多机密的事，他还不敢放心地交给他们。

徐寅初终于停止了踱步，叹口气道：也好，那就让她走吧，跟着咱们过这种提心吊胆的日子，也不是长久之计。

乔天朝站了起来，他叫了声：站长——

徐寅初的一只手就落在了他的肩上，盯着乔天朝的眼睛说：北平和天津失守，下一步济南可就是前线了，仗要是这么打下去……

他说到这儿，便不再说什么了，只是摇了摇头。

乔天朝心里清楚，徐寅初已经看到了结局，可这种结局他又不能说白了，只能在心里意会。仗打到这个份儿上，军心早就乱了，从上到下一片浮躁之气，下级在骂娘，上级之间相互推诿、猜忌，这样的一支部队把仗打到这个份儿上，还在盘算着各自的利益。徐寅初的担忧，也正是乔天朝感到兴奋的。他压抑着内心的激动，深刻地说：站长，目前到了这个份儿上，也不是咱们军统的人能改变的。但不管怎样，咱们尽力了。

徐寅初仰起头，望了一眼天棚，那里悬着的一盏灯，让他有些刺眼。于是，他眯起了眼睛：看来，我们也该想想后路了。让你夫人先走吧，过几天，我也让丽娜离开这里。看来，济南这个地方也存留不下多少日子了。

乔天朝万般感慨地唤道：站长——

他看见徐寅初的眼里有泪光一闪，他的心沉了沉。徐寅初作为一名军人是称职的，只是他错投了主人。作为职业军人，他在心里是尊重徐寅初的。

那天晚上，一离开徐寅初的家，王晓凤就已经变成了王迎香，只差欢呼雀跃了。

一回到家里，关上门，她就扑在床上捂了被子哈哈大笑。乔天朝靠在门后，看着她兴奋的样子，感情很复杂，他羡慕又忌妒地望着她。虽然调离的报告是他向组织申请的，可她真的要走了，他心里不免又空落落的，毕竟在一起工作、生活了那么长时间，作为战友，她让他感受到了友情的温暖和踏实。如今，她就要离开自己，回到战友中去了，那是多么令人幸福的一件事啊！他不知道组织还要让他在这里坚持多久。

王迎香终于从激动中清醒过来，特别是看到他的样子，就更加清醒了。在这之前，两个人告别的话已经说过了，此时，他们不再需要更多的语言。他平静地冲她说：明天一早，我就安排你出城。等出了城，会有人接应你的。

她点了点头，站起身，走过去，抻了抻他的衣角道：你一定要安全地回来，我在老家等你。

这两天里，她这样的话已经说过无数次了，但每次听了，他的心里都是阴晴雨雪的，很复杂，说不清是一种什么滋味。

他还想向她交代些什么，这时电话铃急促地响了起来。

他奔过去，电话是徐寅初打来的。徐寅初在电话里说，驻扎在济南郊区的一支部队准备哗变，目前已被守备区的部队包围了，守备区请求军统的人去处理。

乔天朝从抽屉里拿出枪，别在了腰上。这样的事情他已经历过无数次，部队之间钩心斗角引起的火并在前线是经常发生的。国民党的部队指挥系统非常混乱，各支部队都有自己的指挥官，这些指挥官效忠的对象各有不同，因而他们只买自己长官的账。有时为了一场战役，又必须把这些杂七杂八的队伍拼凑在一起，于是，就经常出现相互倾轧，甚至内乱的现象。此时军统的人就承担了像救火队员一样的角色。

乔天朝出门前，冲王晓风说了一句：你早些休息吧，明天还要上路呢。

就在他走出院门的时候，她在他身后喊道：要小心啊。

他回了一下头，在黑暗里冲她笑了笑，挥挥手。

他带着军统执行队的卫兵赶到出事地点时，才明白是怎么一回事。这是一支从河北调防到济南的队伍，为了驻扎的问题和原来的守军发生了矛盾。原先驻扎在这里的部队住在一个小镇里，有自己的临时营房；而后来赶到的部队也想住到镇子上，两支队伍就纠缠到了一起，双方架好了枪，大有一触即发之势。

率领城外队伍的上校指挥官，长着连鬓胡，手里挥着双枪，咋咋呼呼地叫骂着：咋的，你们是人养的，我们是驴下的？今晚要是不让我们开进镇子里，我们就动用武力解决。我们要是败了，拍拍屁股走人；你们要是打不过我们，就给老子挪窝。

对方的一个指挥官也在叫喊：没有上峰的指示，你们只能驻扎在城外，休想进来！

大胡子上校舞着枪道：限你们半个小时，如果还不撤，我就带队伍冲进去，这窝囊气老子受够了！

说到这儿，拿过警卫员手里的酒瓶子，底朝天地往嘴里灌下去。很快，一股浓烈的酒气，弥漫在空气里。

就在这时，乔天朝赶到了。他让司机把车开到了两支对峙的队伍中间，然后才从车上跳下来，冲卫兵喊道：把他们的指挥官叫来。

于是，两个卫兵分头向两支队伍跑去。

驻在城里的指挥官很快跑步来到乔天朝面前，恭敬地敬礼：乔副官，不是我不让他们进城，是我没接到上峰的命令。

乔天朝挥了挥手，上校就住了口。

大胡子上校迟迟不肯过来，他借着酒劲儿叫嚣：军统来人了，好啊！我现在不和他们谈。等我的队伍进了城，怎么谈都行。

乔天朝还是第一次发现有人竟敢不把军统的人放在眼里，他感到有些吃惊。要在以往，只要军统的人一出面，事情很容易就会解决。他朝大胡子的队伍走过去，很多士兵都打起了火把，情绪高涨地吵嚷着。他转过身，向对方的阵地走去，马上有两名卫兵一左一右地跟随上去。

他径直走到大胡子跟前。大胡子也许是在酒精的作用下，胆子大了许多，他居然没有给乔天朝敬礼，仍在那里叫嚣：军统的人咋的了？军统的人也得讲理吧，凭什么让我们驻在荒郊野外，他们躲在城里吃香的、喝辣的？

乔天朝命令道：请把你的队伍撤退，明天让守备区司令部处理你们的驻地问题。

我们不听守备区的命令，他们能向着我们？哼，我们就不撤，要撤，让他们撤！大胡子上校大声嚷嚷道。

看来事情不可能顺利、和平地解决了。乔天朝挥了一下手，一列执行队的卫兵跑步过来。乔天朝冲大胡子说：兄弟，你不服从命令，别怪我按军法从事了。

大胡子红了眼睛，跳着脚地骂：什么他妈的军法，我就是法，把老子惹急了，老子扯个白旗，投共产党去。

事情僵到这儿，乔天朝喊了声：把他给我拿下！

两个执行队的卫兵扑过去，下了上校的枪。上校果然红了眼，先是一枪打倒了一名扑向他的卫兵，另一支枪向乔天朝打了一枪。

乔天朝倒了下去，执行队的卫兵枪响了，大胡子上校身中数枪，挣扎着倒在了血泊中。

驻扎在城里的守备区的队伍听到枪声，一窝蜂似的冲过来，把闹事的队伍团团围住。被困的士兵见长官被乱枪打死，顿时群龙无首，放下武器，缴械了。

乔天朝被紧急送到了医院。

王晓凤是在第二天早晨见到躺在医院里的乔天朝的。乔天朝伤在了肚子上，子弹从前腹进去，又从后腰穿了出来。这一枪的确够危险的，好在没有伤到心脏。

王晓凤看到面色苍白的乔天朝时，忽然就有了要哭的欲望，接着两串滚烫的眼泪顺着面颊流了下来。当晚，她几乎一夜没睡。乔天朝走后，她最初感到的是兴奋，日思夜想的生活正在一点点地向她走近，她不可能不兴奋。她激动地坐在灯下，等待着乔天朝的归来。以前，乔天朝半夜执行任务，她也是这样守候着。来到乔天朝身边工作前，组织就交代过，要保护、照顾好对方。乔天朝执行军统的任务时，她无法相伴左右，只能揪着一颗心，等他平安归来。乔天朝一进屋，她会端上做好的夜宵，看着他吃下去。可这次，她将夜宵热了一遍又一遍，仍不见他回来，不知不觉间，她竟睡了过去。不知过了多久，一激灵，又醒了过来。她再也坐不住了，取出地下埋着的枪，压好子弹，沉甸甸地揣在怀里。她推开门走了出去，站在院子里向远处张望。从这里望过去，就是军统站家属院的大门，那里有站岗的卫兵，流动哨兵也在不时地走来走去，却不见乔天朝的影子。她越发不安起来，回老家的那股兴奋劲早已被对乔天朝的担心所占据了。

煎熬中，天终于亮了。

她是被军统站的人带到医院的。她走进医院，才意识到乔天朝出事了。果然，她看见了躺在病床上的乔天朝。

清醒过来的乔天朝感到很累，眼皮发沉，看到走进来的王晓凤时，他一眼就看到了她脸上的泪。他笑了笑，见病房里并没有别人，然后才说：你该走了。到了老家，给同志们问好。

她突然抓住了他的手，哽着声音说：我哪儿也不去了，你身边不能没有人。

他还想说什么，这时门被敲响了。两个人还没有反应过来，徐寅初就气冲冲地走了进来。他径直走到乔天朝床前，关切地问道：乔副官，你没事吧？

乔天朝挣扎着想坐起来，徐寅初忙把他按住：乔副官你别动，这伤让你替我受了，这件事本该由我亲自处理的。

乔天朝忍着疼道：为党国工作，理所应当。

徐寅初大骂了一通那些部队指挥官的无能和当前的局势，然后赌咒发誓地说：乔副官，你放心，这口气我一定替你出！他们竟敢欺负到军统的头上来。

说完，又打了几句哈哈，就走了。

乔天朝知道，不管自己同意不同意，王晓凤这时走肯定不合时宜。

他冲她虚弱地笑了一下，说：看来，你真的走不成了！

等你伤好后，我也不走了。她抓着他的手，低头抛下一句话。

以后，李露和姨妈也都相继看望了乔天朝，同时也捎来了老家的问候。那段日子里，乔天朝虽然躺在病床上，却感受到了前所未有的温暖和安慰。

因为伤在腹部，他的行动受到局限，徐寅初就派了两名卫兵，昼夜不离地陪护。每次乔天朝去卫生间都由卫兵搀扶，毕竟是男人，心没那么细致，每次都疼得他满头大汗的。后来，王晓凤干脆自己去照顾他，倒弄得乔天朝很难为情。她明白他的心思，故意大大咧咧地说：我是你老婆，又不是外人，怕什么？

她这样一说，他就更不好再推辞，只能由着她了。

后来，乔天朝始终觉得卫兵在他身边有许多不便，就下令让他们回去了。卫兵一走，两个人的神经便松弛下来，气氛也温馨了许多。他告诉她自己这点小伤根本算不了什么，没什么可紧张的。她一激动，也撸起了自己的裤腿，给他看那里的疤。这是他第一次面对她的身体，看了一眼，就马上把目光转向别处。她意识到时，也红了脸。

一次，两个人正在亲热地说着话时，李露来了。看到他们的样子，她开玩笑地说：我打扰你们了吧？

王晓凤刚开始没听出李露的打趣，等明白过来，就用拳头捶着李露道：别胡说！

李露这次来，及时地传达了组织的决定：为避免引起敌人的怀疑，同意王迎香同志暂时留下，继续协助乔天朝的工作；同时，还代表组织考察了乔天朝与王晓凤二人之间的关系。组织也是从人性的角度来考虑的，希望两个人能够在工作中建立起成熟的爱情，这样，不仅利于工作，生活上也不易被发现蛛丝马迹。组织一直期待二人能够提出结婚申请，可这样的申请组织一直未收到。于是，李露就代表组织去捅破这层窗户纸。

同为女人的李露打算找王晓凤谈谈，于是，就选择了这样一个机会。毕竟私房话是需要一定的环境和时机的。当李露走进病房，看到两个人其乐融融的样子，就产生了和王晓凤聊一聊的想法。

两个人的闲聊，是在医院的一座假山后进行的。李露没有绕圈子，她单刀直入地问道：你觉得乔天朝这人怎么样？

李露的问话方式让王晓凤吃了一惊，她怔怔地望着李露，一时不知盐从哪儿咸，醋从哪儿酸。

李露直白地说下去：你和他在一起都这么长时间了，就没有一点感觉？

王晓凤醒悟过来，脸腾地红了。在李露问这话之前，她作为一个女人不可能对生活在同一个屋檐下的乔天朝无动于衷。她也往这方面想过，可每次看到乔天朝一副公事公办的样子，她又把这种念头压下去了，无形中倒更多地想起了李志。想起李志，就会勾起她更多的回忆。在那些熟悉的战友中间，她可以无所顾忌地张扬自己，充满自信。在这里却是英雄无用武之地，这样的地下生活就像老鼠般见不得天日，往昔的一切，她只能在梦里重温。

恋爱是需要环境和心情的，但在这样暗无天日的环境中，她的爱情之花又如何盛开？她日夜盼望着重新归队，甚至在等待与煎熬中对乔天朝有了一丝丝的怨恨。她知道这种怨恨毫无道理可言，但她仍忍不住去怨、去恨。

乔天朝的突然负伤，让她毅然决定留在他的身边，尽管她是那么渴望离开这里，但危难中的战友需要她，此时的她在尽着一个战友的责任。

面对李露的问询，她一时不知如何作答，憋了半晌，她鼓足勇气说：如果组织需要我和他结成夫妻，我没意见。要是让我自己选择……

她后半句话没有说下去，只是摇了摇头。

李露揽过她的肩头：你想哪儿去了，组织怎么能拉郎配呢？爱情这东西，谁也勉强不得。你自己的事，你做主。

相同的话，李露后来也问过乔天朝。他的反应和王晓凤一样，足足停顿了几分钟，才问李露：这话是她让你问的？

李露忙摇摇头：不是，是我随便问一问。

乔天朝的确从没有往这方面想过，尽管王晓凤的到来，让他感受到战友般的亲情和温暖，恍惚中，他甚至对家有了热切的向往，但那种温情的幻想稍纵即逝。他清楚地知道自己的身份，稍有不慎，就会粉身碎骨。自己牺牲事小，但连累战友，给组织带来不必要的损失事大。组织将他安插到敌人内部，已经付出了很大的牺牲和努力，他不能因为自己的失误，再给组织带来损失。作为组织的人，他深知，一切都要服从组织的安排。想到这儿，他坚定地说：如果组织需要我们结合，我没意见。

他的回答与王晓凤如出一辙，这让李露惊怔得张大了嘴巴。

看到李露失态的样子，乔天朝忙问：怎么了？我说错了吗？

李露略显尴尬地说：好吧，以后我不再提这个话题了，算我自作多情，还不行吗？

乔天朝松了一口气。

撤　　离

国民党的部队，真的是一溃千里。北平和平解放，天津失守。很快，石家庄又陷落了，解放大军几乎是一马平川地抵达了济南郊外。解放济南的战役已是箭在弦上。

就在这时，我军情报部门破获了敌人的一份重要情报。蒋介石为守住济南和徐州两个重要门户，从重庆派出了一个军事观察团，准备到济南和徐州督战，其中的两人曾做过乔天朝军事战术课的教官。这样一来，刘克豪和王迎香就需要撤离济南，因为他们已经完成了从东北到济南的工作。

乔天朝是以护送王晓凤回徐州探望病重的母亲为由出城的。随同他们出城的还有两名卫兵和司机，按理说，他们出城后，乔天朝就会把王晓凤交给驻扎在城外的守军，由守军护送回徐州。乔天朝并没把王晓凤交给守军，而是让车一路往前开，开车的司机和卫兵自然不敢多嘴。行车路线是组织早就商定好的，由李露转告给乔天朝。

乔天朝和王晓凤撤离后，李露负责的巷民路 28 号地下交通站也随即转入地下。

车转过一道山梁，又越过一条溪流，按约定，自己的部队就该在这里接应了。在一片小树林里，乔天朝让车停了下来，并命令卫兵等在车里。然后，他和王晓凤从车上下来。只见他冲树林里打了声呼哨，不一会儿，便从林子里钻出几名荷枪实弹的战士，很快就控制了车里的卫兵和司机。随后，林子里又走出几个军官模样的人，刘克豪一眼就认出走在前面的就是自己朝思暮想的鲁师长。他大步奔过去，哽着声音叫了声：鲁师长——

鲁师长也一把抱住他，拍肩打背地说：克豪，可把你给盼回来了。然后，又远远近近地把刘克豪看了，此时的刘克豪仍穿着国军的制服，鲁师长打趣道：你别说，国民党的军服还真不赖，穿着还挺精神。

刘克豪这才醒悟，忙把头上的军帽甩了，又扯下了身上的领章和肩花。这就是他无数次想过的与战友重逢的场面。

王迎香始终没有期盼到自己熟悉的人来迎接。

车刚一出城，她就兴奋异常，但又不能表现出来，她就攥紧拳头，手心都沁出了汗。腰间的短枪硬硬的还在，这是她独自在梧桐市立医院缴获的枪。有了枪，她就一点点地硬朗起来，她想着李志也许会来，李志以前经常会出其不意地出现在她面前。她喜欢看李志骑马的样子，像一阵风。

没有等来李志，王迎香有些着急，她握着鲁师长的手说：我的部队呢？

鲁师长笑呵呵道：你原来的部队正在围攻郑州呢。咋地，还怕我的部队亏待了你？

王迎香甩甩头发，笑了。她早就习惯了部队这种合合分分的状态，只要能回到战友们中间，让她归队，这就是她最大的幸福。

回到师部，鲁师长就宣布了对两个人的重新任命，由于刘克豪熟悉济南地形，又掌握着敌军的配备情况，特被任命为先遣团团长，王迎香则被任命为救护队队长。

去部队报到前，两个人在师部招待所住了一夜。晚上，鲁师长宴请了两个人。他们一左一右坐在鲁师长身边，三个人的碗里都倒满了酒。鲁师长把酒碗举起来道：欢迎你们平安归队。说完，率先把碗里的酒喝光了。

回到“家”，两个人也彻底放开了，他们相视一眼，也一口气喝下了酒。

鲁师长用力拍着刘克豪的肩膀说：克豪，自打你离开，我是天天提心吊胆啊，怕你被那些个狼给吃了。

刘克豪的眼里闪动着泪光：我也真是做梦都想着部队，想着战友。那个时候老怕自己说梦话，暴露了身份，睡觉时也都是睁一只眼、闭一只眼的。

鲁师长听了，哈哈大笑道：这得是小王最有发言权了，这小子有没有说梦话暴露身份？

王迎香瞬时红了脸：刘克豪的素质比我强，他怎么会说梦话？我倒是总给他惹事，他差点没让我提前归队。

鲁师长突然说：你们两个就不想结婚？在一起这么长时间，就没擦出啥火花来？

两个人无意中对视一眼，王迎香的脸更红了。她打岔道：他天天批评我，说我不适合地下工作呢。

看看他俩，鲁师长又是一阵大笑，然后道：你们两个可别后悔哟，过了这个村，可就没有这个店了。

王迎香大咧咧地说：鲁师长，你放心，我不后悔。没了这个村，还有那个店呢。

吃完饭，两个人就被勤务兵带到招待所。王迎香习惯地尾随着刘克豪走进房间，她前脚迈进来，才发现不对劲儿，忙又退回去，讪讪地说：你看我这记性，我干吗老跟着你啊？

躺在床上的刘克豪并没有马上睡去，他的脑海里翻来覆去的都是王迎香的影子。在这之前，他们在一个屋檐下生活了那么久，并没有觉得什么；现在两个人分开了，她的样子却一次次顽强地印在他的脑子里，竟是挥之不去。

那一晚，他一夜也没睡好。有几次，他竟产生了错觉，仿佛又回到了军统站，王迎香此刻就睡在里面的房间里。

第二天一早，刘克豪出发了。他和警卫员分别骑了一匹马，就在出发的一刻，王迎香从招待所跑出来。他以为她有事找他，忙从马上跳下来，等她走近。她却冲他说一句：没啥。

他笑一笑，看着一身军装、英姿飒爽的王迎香，怎么也不能和军统站的她对上号，便低声道：你现在的样子，比王晓凤漂亮多了。

她脸一红：去你的，那是你狗眼看人低。说完，自知不妥，忙又说：我可没有骂你的意思，是我不会说话。

他不在意地眨眨眼睛，翻身上马。他在马背上说：王迎香同志，我们战场上见。

说完，拍马向前跑去。

她一直目送着他消失在自己的视野里。

看着刘克豪打马扬鞭的样子，她又一次想起了李志。

战地黄花

解放济南的战役打响时，刘克豪率领的先遣团率先和敌人的外围部队接上了火。由于对敌人的军事布防了如指掌，先遣团很快就从敌人的软肋插了进去。后续部队也按照计划，打响了围攻战。

王迎香带领的救护队一直跟随在攻城大部队的后面，因此，两人从分开到战斗打响后还没有见过面。这几天的王迎香已经完成了角色的转换，她不再是敌副官乔天朝的夫人，而是一名战地指挥员，左肩斜挎着水壶和子弹袋，腰上插着那支缴来的短枪。

这支枪在济南时她一直深藏不露，她怕刘克豪知道又要大惊小怪地上纲上线。直到归队后，她才把枪拿出来，还和鲁师长有了如下对话：

这枪是我从叛徒手里缴获的，是美国造的，真不错！

鲁师长就睁大了眼睛看那支枪，后来又拿在手里看了看，放下枪才说：王迎香同志，你不经组织同意擅自处死叛徒，已经犯了错误；现在你又私藏枪支，这是错上加错！

王迎香眼皮都不抬地说：我知道，为这事我写过检查，请求组织给我处分。可这枪得归我，它跟了我好几个月了，我俩都有感情了。

鲁师长背着手，看一眼王迎香，又看一眼桌上那把枪。王迎香以前不是他们师的人，他对她算不上了解，但她的大名他是知道的，鲁中南地区几乎家喻户晓王迎香的传奇经历。现在的王迎香虽历经惊险，却是毫发无损地归来，不能不说这又是一种传奇。他钦佩眼前这个女子，当上级指示他在师里给王迎香安排合适的工作时，他就预感到这是块烫手的山芋；但从另外一方面讲，这也是块好钢啊！既是好钢，就要用在刀刃上。果然，王迎香一出场，就把一个难踢的球踢到了他的面前。

说心里话，习惯了南征北战的鲁师长很喜欢这个有棱角的姑娘。他背着手在屋里转了一圈，又转了一圈，然后笑眯眯地说：王迎香同志，你这藏枪的事，就不怕我汇报给上级？

王迎香铁嘴钢牙地说：不怕！藏不藏枪是我的事，汇报不汇报是你的事。

虽然她的话是夹枪带棒，但鲁师长仍没有一点生气的意思，倒越发地欣赏她了。于是，他挥挥手说：你从来就没有跟我说过枪的事，枪的事，我也不知道。

王迎香听了，一把从桌子上抓起枪，插到腰里，欢天喜地地给鲁师长敬了个礼：谢谢师长。

鲁师长回过头道：谢我干什么？要谢你就谢刘克豪，是他没有检举你。

王迎香嘿嘿笑道：这事他也不知道。

说到刘克豪，她也不知道自己这段时间是怎么了，眼前总是跳着他的影子，当然李志也是在眼前晃来晃去的。她一回到队伍，就在打听着李志的消息，知道他在郑州打仗，她悬着的心也就放下了。郑州离济南并不远，说不定等解放了济南，她就可以见到李志了。她一面想着李志，一面也在惦记着刘克豪，她自己也说不清这是怎么了。

王迎香终于又和刘克豪见面了。那是他们分开半个月后的事了。济南战役眼看着接近了尾声，仗打到了这种程度，已经是敌中有我、我中有敌的一种混乱局面了。

刘克豪的先遣团从西杀到东，又从东杀到南，已经在济南城里杀了几个来回了。敌军先是失守，后来守不住了，就四散奔逃了。那些高级指挥官，早就携了家眷逃往南京和重庆，只剩下些低级军官督战、抵抗着，尽力拖延着济南解放的时间。

王迎香的救护队在战场上进进出出无数次了。野战医院先是搭建在城外，随着部队进城，此时的野战医院也往前移了。

进入巷战阶段，伤亡的数量越来越大了，早在战斗打响前，救护队就成立了预备队，由一些身强力壮的老乡组成。到处都是敌人丢下的武器和弹药，王迎香很快就把这支半军、半民的救护队武装了起来。她知道，在战场上没有武器就没有发言权。

果然，这些武装起来的救护队队员，在关键时刻派上了用场。在济南的南郊，部队遇到了敌人最为猛烈的抵抗，这是敌人的阻击部队，他们的任务是掩护大部队向南线溃逃。

战斗最激烈的地方，自然也是救护队出没最多的地方。王迎香带着十几个担架、二十几名救护队员，冲到了阵地上。当她指挥着救护队队员把受伤的战士抢救下来时，才知道是先遣团在与敌人交火。既然知道是先遣团，她就不可能不想到刘克豪，想到自己正与刘克豪并肩战斗，她的心里就多了股劲儿。

当救护队第二次来到前沿阵地时，战争的态势又发生了变化，攻、守双方已经胶着在一起。救护队队员抬着一批伤员往下撤的时候，竟误闯了敌人的阵地。这是几个残破的院落，他们第一次经过这里时，还没有发现敌人，可这次刚走几个院落，就被敌人包围了。这是几十个被打散的敌人，他们想依靠这几个院落休整一下，没想到和救护队的人遇上了。敌人毕竟是训练有素的正规部队，他们很快就把救护队的人和伤员团团围住了。

战斗打响后，王迎香自始至终都是亢奋的，看别人打仗她眼馋，但她知道她不能丢下自己的救护工作，那毕竟是她的职责。听着身边的枪炮声，她手痒得不行，而这次突然的遭遇让她有了过瘾的机会。

她像个战斗指挥员那样，命令救护队先撤进院子里，然后带领着半军、半民的救护队队员，与敌人展开了一场伏击与反伏击、包围与反包围的战斗。躺在担架上的伤员，也从担架上翻滚下来，咬牙投入到遭遇战中。

敌人想尽快结束战斗，炮火也越发猛烈起来。如果不是王迎香恋战，她可以留下几个人做阻击，其他人完全可以安全撤离，可面对着几十个残兵游勇，她打仗的欲望大发，竟和敌人胶着在一起。这场局部战斗可以说打得势均力敌，激烈异常。

敌人一个个倒下去了，同时救护队的一些人也光荣牺牲。就在这时，刘克豪发现了这里的战斗，他在望远镜里看到了激战中的王迎香。他马上率领警卫排的人向这边增援过来。

王迎香越战越勇，她左一枪、右一枪地射击着，一边射击，嘴里还念念有词地说：让你尝尝姑奶奶的厉害！看看这枪吧！

她不仅自己猛烈射击，还不忘鼓励身边的人狠狠地打。

就在这时，刘克豪率领的警卫排赶到了。只一个冲锋，就把敌人打得七零八落。

刘克豪和王迎香就是在这种场合下又见面了。当时的刘克豪骑在马上，他左手挥着刀，右手握着枪，冲王迎香喊道：你带着救护队快撤！

王迎香提着枪，仰着头冲马上的刘克豪吼道：你咋来了？你就是不来，我们也能收拾他们。

刘克豪干脆扯起了嗓子：你的任务不是打仗，是抢救伤员，你把自己的工作都忘了。

王迎香望着逃跑的敌人，意犹未尽地用手指着刘克豪道：别以为只有你们先遣团能杀敌，我们救护队也能。你们不来，敌人也休想占到便宜。

刘克豪终于火了：我命令你立即带着人离开这里！

王迎香挥挥手，冲救护队员喊：撤就撤，有啥了不起。

说完，把枪插在皮带上，和队员们向后方撤去。

刘克豪骑在马上，望着王迎香远去的背影，无奈地摇了摇头。

在刘克豪的心里，王迎香就是一个优秀的战士，她的勇敢和爱恨都是那么的强烈、鲜明。在打入敌人内部的工作交往中，他已经坚信了这一点，有这么一位意志坚定的战友在自己身边，他是踏实的。然而这一切，却并不能掩盖王迎香身上的缺憾，那就是有勇无谋。在敌人的心脏里工作，仅仅凭着勇气是不够的，还需要理智和谋略，王迎香恰恰就缺乏这样的素质。

如今在战场上，刘克豪再一次领略了王迎香的勇敢和无畏，不过这次她并没有让刘克豪感到反感，如果他是王迎香，他也会和敌人真刀真枪地交锋，否则，救护队将伤亡惨重，连同那些无辜的伤员。但在王迎香面前，他不喜欢说表扬的话，也许他太了解她了，甚至把她当成了自己的左右手，于是，他一开口就训斥了她。他也说不清自己这样对她到底是一种什么样的情感。此时的王迎香已非彼时的王迎香，看着她的飒爽英姿，昔日那个乔天朝夫人的形象已渐行渐远。现在的她令他既恼又爱，一时也厘不清是何滋味。

济南战役结束之后，紧接着解放徐州的战斗又打响了。在这期间，两个人曾见过面，不过都是匆匆一瞥，甚至连声招呼都来不及打。他在马上，冲她招招手，她看到了，挥着手喊一句：祝你们先遣团再打胜仗。

她的喊声还没有落地，他已经打马远去了，连同他的队伍。

两个人的又一次见面，是在徐州战役结束之后。

刘克豪负伤了，率部队冲锋时，他被一颗流弹击中，从马上摔下来，人就晕过去了。

他再次清醒过来时，已经做了手术，躺在帐篷搭起的临时病房里。确切地说，他是被一个近乎兽类的嘶叫惊醒的。那声音一直鼓噪着：医生，医生，我的腿能不能保住啊——

医生正在其他病房里忙碌着，显然没有时间顾及那个声音。

刘克豪觉得那声音很熟悉，他循声望过去，就看到了王迎香。果然是她，只见她半躺在地上，所有的伤员也都躺在铺了干草的地上。

看见王迎香时，他几乎不敢相信自己的眼睛。他忍痛轻声喊道：王迎香——

王迎香一眼就看到了他，惊呼一声：老天爷，怎么你也躺在这里。然后就撑起身子，关切地问：伤哪儿了，重不重？

他用手指指胸部，勉强挤出一丝笑：这不又活过来了。你怎么样？

王迎香带着哭腔说：我的腿可能完了，咋一点感觉也没有。没了腿，我可咋革命啊！

这时，一个医生走进来，冲王迎香说：同志，别大呼小叫的，这里都是伤员，需要安静。

王迎香一把抓住医生：医生，我的腿呢？

不是长在你身上吗？

那它咋一点感觉也没有啊？王迎香抓住医生的手死活不放。

刚做完手术，麻药劲儿还没过去呢。

听了医生的话，王迎香的情绪便安定下来。她软软地躺在那里，冲刘克豪不好意思地笑笑：我以前也受过伤，可都没伤在腿上，我心里没底。

由于两个人都负了伤，徐州解放后，他们便被一同转到了后方医院。野战医院连同部队又一起向南方开拔了。

王迎香已经能架着拐走路了。刘克豪的伤口还没有完全愈合，走起路来小心翼翼的。两个人经常在这样的状态下不期而遇，见了面就相互询问：你的伤咋样了，好点没？

王迎香就拍着那条受伤的腿，恨铁不成钢地说：你说伤哪儿不好，咋偏偏伤在了腿上，如果不是腿受伤，我一定不会躺在这儿。这会儿正跟着部队一直往南，杀到老蒋的老家去。

刘克豪不说什么，只笑一笑。其实他心里也在着急，刚回到部队不久，可以说刚找到打仗的感觉，就负伤了。尽管没像王迎香一样伤到腿，可自己不是也没有随队伍南下吗？在这个问题上，他不想和她多说什么，说也说不清楚。于是，两个人就坐在一块石头上，望着头顶很好的太阳，享受着短暂的安宁与温暖。

半晌，她忽然问道：你说，咱们的队伍该过长江了吧？

他扬了扬手里的报纸说：咱们的红旗已经插到了总统府，南京解放了。

她涨红了脸，目光向南边的天际望去，一脸羡慕地说：真好啊！

这时，她又一次想起了李志。她知道，几路大军都在长江沿岸会合了，那里肯定有李志。如果自己不受伤，说不定自己已经和李志会合了。这会儿，她应该正和李志走在南京的街头，享受着胜利后的喜悦。

游击战役结束之后，她曾偷偷地给李志写过一封信。她不知道李志能否收到她的信，不过直到现在，她也没见到李志的来信。

李志既是与她出生入死的搭档，又是她的初恋。尽管两个人没有正式地表白过，但李志对她的态度，傻子也能看出来。如果不是去东北执行任务，说不定自己早就和李志结婚了。想到这里，她仍然脸红心跳的，同时也感受到了身边真实存在的刘克豪。

她偷偷地看了眼一旁的刘克豪，竟觉得有些对不住他，她不知道自己为何会有这样的想法。平心而论，刘克豪一点也不比李志差，两人在一起工作生活这么久，她没有动心思，完全是因为李志。可谁让刘克豪晚来了一步呢？这么想过后，她的心里也平静了许多。

在后方医院宁静的日子里，他们频繁地见面，要么他去病房看她，要么她过来转转。这样的日子，让两个人仿佛又回到了曾经的生活。

一天，她终于忍不住说：等有机会，我让你认识一个人。

什么样的人？搞得这样神秘。他好奇地看着她。

她得意地说下去：他叫李志，是三野的，做过我的搭档。

在东北和济南的时候，他似乎记得她提起过李志的名字，但那时他没太往心里去，当时他只以为那是她熟悉的战友，自己不也常把战友的名字挂在嘴上吗？

此一时，彼一时也。现在的她再提起李志时，他的心里便阴晴雨雪了一阵子，然后盯着她的眼睛问：李志是你未婚夫吗？

他这么一问，犹如在她的心里点燃了堆干柴，她不仅红了脸，浑身上下竟燥热起来，腿上的伤口也因此“突突”地跳疼了起来。

不用她的回答，他已经明白了。

他低下头，缓慢地说道：等你伤好了，重新归队后，你就会见到他了。

她突然用一只手拉住了他的手，急急地说：刘克豪，对不起啊！然后，就拄着拐头也不回地走了。

望着她的背影，他一时没有明白过来。

事情的转机，发生在几天后。

那是个下午，阳光依旧很好，几只麻雀落在窗外的枝头上叽叽喳喳地叫个不停。刘克豪做了个梦，梦见自己又回到了小时候。母亲拉着他的手，没完没了地问他还饿不饿？他说：不饿。母亲却像没有听见一样。于是，他就醒了。醒来后，他就真的想到了母亲，心里有种想哭的欲望。

就在这个时候，他听见王迎香在走廊里大声地喊：刘克豪，你出来一下。

他不知道发生了什么，忙走了出去。王迎香已经率先离开了，只留下拐杖敲击地面的“笃笃”声。

两个人先后坐到以前常坐的那块石头上。他忽然发现她似乎哭过，正疑惑间，她从怀里掏出一封信。他犹豫着接过来，那是一封战地来信，信封上依稀能嗅到烟火的气息，信封的一角被烧掉了，经过多次辗转，已经看不出本来的面目。

他举着这封莫名其妙的信，不知所措。

王迎香没好气地说：让你看你就看，磨叽个啥？

他不明真相地打开了信。原来这封信是李志写的，李志在信中说：接到王迎香的信感到很突然，他只知道王迎香去执行任务，并不知道她是打入敌人内部。他现在是师政治部主任，同时也祝贺王迎香再一次归队，并希望她努力进步。信的末尾还轻描淡写地说解放郑州后他就结婚了，妻子是他们的战友刘洋，她认识。最后还真诚地祝福她在革命队伍中早日找到自己的另一半。

刘克豪看完信就什么都明白了，他想安慰她几句，可又不知道怎么开口。她一把夺过那封信，几把撕了，顺手扬在风里。那些经历过硝烟和战火的纸片纷纷扬扬地四散飘走了。

她突然大哭了两声，没头没脑地冲他说：你们男人都是骗子！

说完，“笃笃”地拄着拐走了。

北　上

刘克豪和王迎香几乎是前后脚出院。

刘克豪早两天先出的院，此时他已经被任命为剿匪团的团长，任务是重新回到东北做最后的剿匪工作。接到新的任命时，他一点也不感到惊奇，原因是许多受伤的战友出院后，几乎都没有被安排回归原部队，不是去了地方，就是被编入到新的部队里。解放大军拿下南京后，就一路高歌猛进，向南，再向南，现在的队伍已经杀到海南岛了，即使想归队，追赶前行的队伍也是很困难的事。于是，部队留守处便根据每个人的不同情况，给他们重新安排了工作。

在刘克豪出院前，留守处的一位主任找到他谈了一次话。当他知道让自己去东北剿匪时，他的心里突然就敞亮了。他随着国民党的部队撤出东北时，就知道那里留下了许多国民党的残兵败将，当年军统局东北站的马天成和尚品就是奉命留在东北，然后率领一支规模很小、却很精干的执行队杀出了沈阳城。

当年，他离开沈阳后，就立即把这一情报向组织做了汇报。这么长时间过去了，他一直没有忘记马天成和尚品率领的队伍。虽然东北解放了，那里的局面却一直很混乱，国民党的残部不断地骚扰着新政权。

刘克豪可以说是非常愉快地接受了剿匪任务，他决心要亲手抓获马天成和尚品，否则他们将成为他的一块心病。尽管目前他还不知道马天成和尚品是死是活。

出院前，他去和王迎香告别。目前，两个人的关系比较说不清楚，不仅别人说不清，就是他们自己也搞不清爽。按理说，他们在一起工作、生活了那么久，应该说相互间知根知底吧，可他们却始终没有提出结婚申请；作为普通战友，他们又是如此的惺惺相惜。这也就使得两人之间的关系显得很微妙。

当刘克豪出现在王迎香面前时，王迎香已丢了拐杖，抱着胳膊倚在门口的一棵树上，她似乎早就知道他要来。

刘克豪站在离她三两步远的地方说：这回咱们是真的分开了。我接受了新的任务，要回东北。

她听了他的话，一点也不吃惊，反而说道：剿匪团团长同志，向你表示祝贺。

他没料到，她竟然已经知道了他的任务，就冲她笑了笑。自从得知她暗恋的李志结婚后，他在她面前就显得很虚弱，他也不清楚自己的这种感觉。总之，这种感情很复杂。一时间，他竟不知道自己该和她怎样道别。

她悻悻地看着他说：这回你终于把我丢下了。没有了包袱，你该高兴了吧？

他抓抓头，喃喃道：怎么可能呢？其实咱们在一起工作，大方向还是好的。

她仰着脸，努力不去看他：那你就告别吧。等你说完告别的话，我还要回病房换药呢。

他似乎有一肚子的话要对她说，可一时又不知从哪儿说起，憋了半天只说了句：那啥，你以后多保重，咱们肯定还有见面的机会。

说完，他转身走了，头都不敢回的样子。

她冲着他的背影，很有内容地笑了。

到留守处报到后，主任却让刘克豪等两天再出发，说要还给他配个助手，过两天才能到。他没有多问，这么多年来，军人的职业习惯已经让他习惯了服从。

两天后，留守处的主任把王迎香带到了他的面前，笑眯眯地介绍道：把她配给你做助手，你不反对吧？

他不相信似的望望王迎香，又望望主任，觉得这一切仿佛是在梦里。

其实早在几天前，王迎香就已经知道自己出院后的工作安排。在留守处的人没有找她谈话前，她已经先和留守处的人谈了话。可以说，她去剿匪的工作，是她自己争取来的。按照留守处的意见，这次她伤好后，就该留在地方工作了。大军已经南下，大半个中国都解放了，不再需要那么多人去冲锋陷阵了，于是一批又一批的部队优秀干部转业到地方，参加到了新中国的建设事业中。而王迎香又是女同志，留守处的人首先考虑到了她。她得知组织的决定时，摇了摇头，坚定地说：我不同意！

主任就惊诧地望着她。

很快，她又问道：刘克豪也转业了吗？

主任告诉她，刘克豪有剿匪的任务，他对东北的情况很熟悉。

王迎香就笑了，接着不紧不慢地说：主任同志，你别忘了，我也在东北工作过，我对那里也熟，为什么派他去，不派我去？

主任摊开手，解释道：组织考虑你是个女同志，在部队上不方便，地方工作更适合你一些。

她把军帽一把摘了下来，用劲儿地攥在手里，盯着留守处主任说：我肯定不转业。地方上的工作我也不感兴趣，我就要留在部队，我十四岁就开始打游击，已经整整十年了，现在让我离开部队，我活不成！

主任就很为难。有些事他是做不了主的，他还要向上级请示，于是，他为难地搓着手，硬着头皮地劝下去：迎香同志，组织这么安排可是考虑到你的个人情况。

什么情况？我咋不知道？王迎香瞪大了眼睛。

你看你，也老大不小了，转业到地方也该成个家了。在部队上南来北往的，怎么说也不是长久之计，你说是不是？

王迎香一听，火了。她腾地站了起来，双手叉着腰说：我说主任同志，你是不是怕我嫁不出去呀？告诉你，四只腿的蛤蟆不好找，两条腿的人还不遍地都是。我要是想嫁人，明天就能结婚，你信不信？她目光咄咄地逼视着主任。

主任忙解释：我不是那个意思，你的情况嘛的确复杂，要不我再向组织汇报一下，看能不能重新给你安排工作。

以后，她就甩了拐，摇晃着身子每天都去留守处磨主任，磨得主任都怕见她了。最终，组织决定让她做刘克豪的助手，担任剿匪团副团长。这样的安排，也是考虑到她在东北工作过，同时又和刘克豪做过搭档。确切地说，她比刘克豪先得到了这些消息。

当她出现在刘克豪面前，望着他一脸的困惑和不解时，她得意地说：咋了？没想到吧，想甩了我，没那么容易！伙计，不高兴是不是？

这一结果对刘克豪来说真是太突然了，他做梦也没想到，组织给他配的助手竟又是王迎香。他真的是张口结舌了。

主任笑嘻嘻地说：克豪同志，还满意吧？

刘克豪结结巴巴地说：我、我服从组织的决定。

王迎香望着刘克豪笑了，那是胜利的表情。

其实，刘克豪向王迎香告别之后，心里一直是怅怅的，有些空，也有些虚。他说不清自己到底对王迎香怀着怎样的一种感情，从东北到济南，又到徐州，两个人几乎就没有分开过，吵也吵了，闹也闹过，好似这种争执已经成为他们生活中的一部分。在敌人内部工作时，人前人后他们是以夫妻面目出现，可一回到家里，他们就又是战友了，保持着异性间该有的距离。可毕竟那样的日子，他们也是一处就是两三年，角色和情感的变换与交错常常令两个人恍惚不已。突然间，两个人的分离，让他们一时都觉得有些别扭，因为到目前为止，他们还没有彻底分开过，那种离别的滋味，他们还没有体会过。

当他意识到王迎香恋着李志时，他心乱如麻；而他在知道李志有了爱人刘洋后，他的心里又平静了，像午后的水面，波澜不惊。总之，他是怀着一种极其复杂的情感，在感受着她，观察着她。在敌人内部工作时，他没有精力去体会这一切；在战场上，他更没有空闲去揣摩，而厘清自己的情感应该说还是在养伤的这段时间。说是厘清了，也不太现实，只不过在这段时间里，他想她的次数更多了一些。

剿匪团的谢政委，名叫谢忠，三十出头的年纪。谢忠看上去就是一副知书达理的样子，戴着眼镜，留着小平头。他在剿匪团应该是年龄最长的一位领导了，他的阅历也最为丰富，红军长征到腊子口时，谢忠参了军。

参军前他是腊子口的教书先生。红军长征到达陕北后，他便被送到抗日军政大学去学习，然后又深入敌后去开辟根据地，当过排长、指导员。后来，内战全面爆发，在这八年的时间里，他已经成长为一个合格的团政委了。

谢忠政委表面上是个非常和善的人，多么大的急事到他这里，都会被他梳理得井然有序。你就是个豹子脾气，想急也是急不得。

剿匪团开赴到东北后，他们才意识到这将是另外一个战场。东北山高林密，土匪大都隐藏在山里。一个在明处，一个在暗处，想消灭这些残余力量，的确要费些工夫。

东北作为最早解放的地区，大部分地方已是一派和平的景象，百姓安居乐业，一个崭新的政权，正在东北的大地上缓缓地树立起来。

在这种情况下，土匪们不甘寂寞，想利用这太平盛世大捞上一把。解放初期东北土匪人员构成情况非常复杂，既有当地匪患，在日本人来之前就已扯旗报号了；还有一部分给日本人当过伪军或汉奸者，在日军投降后，明白自己不会有好下场，就拉起人马躲到了山沟里。而这里最重要的一支力量就是那些国民党被打散的余部，成建制地被保留下来，藏到山里打起了游击。国民党现在还没有彻底失败，他们自然也不会承认这样的现实，甚至打算倚仗这些散兵游勇，发誓日后必将重新夺回失地。这些国民党残余力量装备精良，有的部队还有轻型火炮、电台，他们随时和重庆方面保持着联络，重庆方面也给这些坚守者许下了许多空头支票，委任了不少的中将、特派员。

国民党为了给中将、特派员等打气，还派来了飞机，空投下大量的物资和武器装备等。于是，这些败将们似乎看到了胜利的曙光，一时间情绪高涨，在山野的林子里伺机而动。他们不停地骚扰地方政府，绑架、暗杀共产党的干部和群众。甚至为了长期在东北站稳脚跟，还不遗余力地收编了土匪。这些土匪大都有命案在身，他们心里很清楚，无论谁掌权，都不会有他们的好果子吃。就这样，在这些财大气粗、武器精良的国民党败将的感召下，大都归顺了。一时间，东北匪患不绝，到处乌烟瘴气，把新政权搞得鸡犬不宁。

东北的剿匪工作迫在眉睫。中央在南下的大军中抽调了十几个团的兵力，杀回东北，进行艰苦卓绝的剿匪工作。

刘克豪的剿匪团就是剿匪大军中的一员。他们奉命驻扎在帽儿山下。这里有一股土匪十分猖獗。数天前，他们把去省里开会的李区长和警卫员绑架到了山上。三天后，李区长的人头就被挂在了城外的一棵树上。

当地的武装力量曾进山围剿过，在山里激战三天，终因寡不敌众，败退下来，伤亡数十人。

王迎香一到帽儿山便听到了这些情况。她从马上跳下来，倒提着枪，一手叉腰，一手指着帽儿山喊道：你们等着，不出三天，我让你们一个个都爬着出来。

谢政委却不急不慌的样子。他让参谋展开地图，上面对每一座村庄、每一条小路都一一做出了标注。他把刘克豪和王迎香喊到一起，商量着部署战斗的计划。

王迎香很不喜欢谢政委这种纸上谈兵的做法。她挥挥手：没工夫扯这闲天儿，你们下命令吧，我打头阵，要是不捉几个活的回来，你们就撤我的职！

几个人商议的结果是，要做到万无一失，首先要摸清敌人的兵力和驻扎地。这样一来，就要捉舌头了。这时候，刘克豪向政委请战了，捉舌头一定得亲自出马，理由是他曾是侦察兵连的，对捉舌头有十足的把握。

王迎香对刘克豪的看法不敢苟同，原因是她打过游击，端过日本人的炮楼，有充分的敌后经验，要去也得她去。

两个人争执不下，球就踢给了谢政委。谢政委是剿匪团的党委书记，刘克豪和王迎香都是党员，是党员就要在书记的领导下，由谢政委做最后的拍板，两个人是同意的。

谢政委扶了扶脸上的眼镜，分析道：刘团长是团里的主官，亲自去，要是有个闪失，谁来负责领兵打仗啊？

他的提议马上受到了王迎香的热烈响应，她附和着：这么个小事，哪有主官出场的道理？要去，还得是我去。

这时，谢政委又把头转向王迎香道：王副团长虽然不是主官，但是个女同志。女同志进山，敌人会怀疑，万一抓不来舌头，被敌人抓去怎么办？

说到这儿，谢政委站直身体，看着两个人说：我看你们谁去也不合适，还是我去！

谢政委刚说完，就遭到了两个人的强烈反对，他们的理由很充分，毕竟这是一次军事行动，说不上大动干戈，但也没有让一个政工干部出马的道理。一时间，三个人各执己见，始终也没有研究出个结果来。

谢政委最后就拍了一下桌子道：那就再考虑一下，看有没有更合适的办法！

两个人从谢政委的宿舍兼办公室走出来时，天空已是繁星点点。王迎香伸了伸胳膊，大大咧咧地说：这点小事还研究个啥，让我带几个人天亮前进山，保准太阳落山前我抓几个活的回来。

刘克豪也觉得事不宜迟，为了打有把握的战斗，抓几个舌头回来，搞些情报是当务之急。他不想再犹豫了，于是心生一计，把王迎香拉到一个角落里，小声地说：你真想去？

王迎香不明就里道：那当然。这个行动非我莫属。

刘克豪佯装思忖一会儿，说：也行，那我就不跟你争了。你带三个人，一个小时后出发。

王迎香看着他，略有担心地问：那政委那儿能通过吗？

刘克豪爽快地说：政委那儿有我呢。你快去准备吧，去三营选几个人。

王迎香对刘克豪的决定突然就有了份感动，她伸出手，抓住他的胳膊乱摇一气道：克豪，我没白跟你合作，还是你最了解我。

说完，头也不回地跑了。

刘克豪神秘地一笑，也转身消失在夜色中。

王迎香去三营调兵遣将去了，刘克豪转身去了一营。一个小时后，王迎香带着三名士兵悄然地摸出了村子，向帽儿山挺进。刚走出村口，不远处从暗地里蹿出几条黑影，不由分说，便把包括王迎香在内的几个人拿下，捆在了村口的几棵树上，又用毛巾塞住了嘴。

王迎香这时才看清给她嘴里塞毛巾的正是刘克豪。她想说什么，却说不出来，只能用脚去蹬他，发泄心中的怒气。

刘克豪做完这些时，又命令身边的两个战士：你们俩负责为王副团长等人站岗，天不亮不能放人。违反纪律，看我处分你们。

两个战士齐声道：一定服从命令。

刘克豪又来到王迎香面前，拍拍她的肩膀说：王副团长，委屈你了。再见——

说完，他向暗影里一挥手，三个士兵一身百姓装扮，借着夜色神不知、鬼不觉地向帽儿山摸去。

那两个士兵果然履行了团长的命令，鸡叫三遍，太阳从帽儿山后冒出半个脸时，他们才松开了几个人身上的绳子。松了绑的王迎香第一件事就是扯塞在嘴里的毛巾，一边朝地上狠狠地吐唾沫，一边指着帽儿山的方向大骂：刘克豪，你这个骗子，竟敢耍我！看我怎么收拾你，除非你不回来。

另外几个松了绑的士兵，小心翼翼地围过来，可怜巴巴地问道：王副团长，咱们还去抓舌头吗？

抓个鬼！王迎香丢下一句话，头也不回地向团部走去。

王迎香闯进谢政委宿舍时，谢政委正在洗脸、刷牙，他被她的怒气吓了一跳，忙问：怎么了这是？

王迎香气咻咻地说：刘克豪违反纪律，你得处分他！

等谢政委了解完情况后，他背着手在屋里一连转了几圈后，也真的气坏了：这个刘克豪的确不像话！

王迎香站在一边，盯着谢政委的表情说：那你到底处分不处分他啊？

处分不处分的，也得等他回来再说啊！当务之急是接应刘团长，他只带了几个人，人生地不熟的，发生点儿意外，你我都无法向组织交代。

谢政委的话提醒了王迎香，她立即起身道：我马上去集合队伍。

队伍分几路向帽儿山进发。这次行动没有大张旗鼓，为了接应刘克豪，队伍以班为单位，撒开一张网，迎头向山上兜了过去。

刘克豪是在下午时分出现在接应队伍的视线里的。几个人一副百姓装扮，走在最前面的是一个穿得怪模怪样的人，上身是件国民党军服，裤子却是老百姓穿的布裤，头发、胡子疯长着，仿佛是从土里扒出来的。

王迎香第一个出现在刘克豪面前，她冷冷地看着他：刘团长，你挺会算计啊！

刘克豪抱歉地笑笑：得罪了，真不好意思。

王迎香“哼”了一声，没再说话，转身打马走了。

她回到驻地，径直找到了谢政委。她摆出一副打持久战的准备，鞋脱了，盘腿坐在了炕上。一边的谢政委急得直搓手。

王迎香铁嘴钢牙地说：政委同志，刘克豪违反纪律了，你说是不是？

谢政委表情讪讪地答道：那是肯定的，但他的出发点还是好的嘛。

这么说，难道他还是对的了？她一脸不解地追问着。

错误是肯定有的，党内会议上一定要让他检讨。

光检讨就完了？我看不够，应该给他处分。还要把这件事情报告给上级，这么严重的错误，应该免他的职。她一副不依不饶的样子。

谢政委息事宁人地说：他是在办好事情的情况下违反了组织原则，我看在组织内部处理一下就可以了。

王迎香靠在炕头，不停地揉搓着手腕，昨晚上被捆绑了半宿，现在想起来就有气，她气鼓鼓地说：政委同志，这么处理刘克豪我有意见。

他去也就去了，还把自己的战友绑起来，你说他这是什么阶级感情？

谢政委背着手，又开始在房间里踱起了步，一边踱步，一边说：太不像话了，他怎么能这么对待自己的同志。说到这儿，他停止了踱步，抬起头，以攻为守地说：王迎香同志，在这件事情上你也有错误。

王迎香瞪大了眼睛：我有什么错误？

谢政委慢条斯理地说：你不是带着人也想去抓舌头吗？刘克豪要是不去，那就是你去了，从出发点上来说，都是好意；可从过程上看，你们两个都有错误。

听谢政委这么说，王迎香才垂下头，低声道：我负我的责任，他负他的责任。

这就对了嘛！谢政委拍拍手道。

刘克豪正在亲自审讯抓回来的舌头，不仅审出了敌人的兵力和驻扎情况，还得到了一条惊人的消息——帽儿山一带的土匪正是由军统东北站马天成和尚品组成的一股武装力量。

他从团部奔出来，大呼小叫地喊着王迎香的名字。此时的王迎香仍记恨着他，脸上挂着厚厚的霜，斜刺里走过来，故作惊讶地说：刘团长，啥事呀，你还能想起我啊？

刘克豪一脸的兴奋：迎香，你知道帽儿山的土匪头是谁吗？

王迎香不咸不淡地说：我怎么知道？舌头又不是我抓的。

刘克豪一字一顿道：告诉你，是马天成和尚品。

听到这儿，王迎香也惊得睁大了眼睛。原以为两个人早已被消灭了，不承想却做了土匪流窜到了这里。依据舌头提供的情况，剿匪团要立即进山，否则，敌人发现变故，后果将不堪设想。

剿匪团近千人的队伍在黎明时分浩浩荡荡地开进了帽儿山。

战斗是在中午时分打响的。

毕竟是正规军，面对这些整日人心惶惶的土匪，可以说并没有让他们费太多的力气，只一个时辰的工夫，山上的土匪便土崩瓦解。很快，一部分被消灭，另一部分乖乖投降了。

刘克豪最大的兴趣是要抓到马天成和尚品，可他最终也没有见到两个人的影子。他让战士把队伍中的一个小头目带到一棵树下进行了审问，才知道昨天下午马天成和尚品就没了踪影，没有人知道他们去了哪里。他一连审问了几个俘虏，得到的结果都大相径庭。

看来狡猾的马天成和尚品料到大局已定，在剿匪团攻上山之前，悄悄地溜了。刘克豪感到遗憾，王迎香也是嗟叹不已，她决意带着队伍去搜山，被刘克豪劝住了。现在的土匪已是树倒猢狲散，想在这林莽之中搜出两个人来，也决非易事。

剿匪工作持续了大半年的时间，沈阳周边的土匪便烟消云散了。

剿匪团奉命进城了。

部队刚开始进城时显得无所事事，日常只是负责社会治安，要不就是做一些训练。在没有仗打的日子里，王迎香就感到很难过，落寞的她很容易地就想到了李志。现在全国已经基本上解放了，此时的李志也一定过上了幸福的日子吧？

那段时间里，部队里也是三天两头地有人结婚。猪杀了，羊宰了，热闹得跟过节似的。以前的部队一直在打仗，南征北战，东打西杀的，人们也很少有谈恋爱的机会，就是有，也没有合适的对象。现在好了，部队进城了，和平时期的城市虽说是百废待兴，却也显出花红柳绿，一派热闹，于是一批年龄偏大的部队干部就迎来了恋爱和结婚。一拨又一拨的人们，在简单的仪式下，纷纷结了婚。

进城后的谢政委和刘克豪、王迎香少不了去喝别人的喜酒。今天这个团的战友结了，明天那个师的战友又娶了，婚礼上，酒是少不了的，都是打过仗的人，死都不怕，还怕喝酒吗？三个人经常是马不停蹄地在酒席间转，酒也是喝得豪气而幸福。

谢政委的爱人也从天津过来了，他们是解放天津时成的家，爱人叫李芬，以前是天津纺织厂的女工。李芬来时还抱来出生不久的儿子，儿子叫谢夫长，是谢政委起的名字。

闲下来时，王迎香就跑到谢政委家去逗谢夫长玩。那孩子一逗就咯儿咯儿地笑，喜眉笑眼的，很招王迎香的喜爱。时间长了，王迎香就和李芬熟了，问起两个人的年龄，才知道自己比李芬还要大上两岁。李芬就感叹：王姐，你也不小了，那些男军官都成家了，你也抓点紧。晚了，好的就被人挑走了。

李芬这么一说，她就又想到了李志，心里的某个地方竟隐隐地疼了一下。但她还是笑笑说：没事，等两年再说吧。

李芬见王迎香这么说，便也不好再多说了。

谢政委回到家里时，李芬就把自己的想法对他说了。谢政委这些日子也正为这事发愁呢。刚开始到剿匪团时，他对刘克豪和王迎香的个人情况是有所了解的，他一直以为，两个人毕竟有那么一段特殊的经历，最终走到一起是迟早的事。可经过后来的观察，他发现两个人又的确没有那方面的意思，凑在一起时，还动不动就吵，常常是脸红脖子粗的。现在部队进城了，自己的老婆孩子也从天津来到自己身边，从参加革命到现在，这段时间可以说是谢政委最为幸福的时光。身处幸福中的谢政委，不由得就想到了眼前那两个还不幸福的男女，因此，就感到了不安。而不安的结果是，他要替两个人考虑终身大事了。

谢政委是个有心人，他一有时间就怀揣着个小本，从这个团蹿到那个团，打听那些未婚军官的情况。一天，他就找到了王迎香，翻着小本本说：迎香同志啊，你看看这个，这是三团长刘勇同志，今年三十六了，参加过长征和抗日，人是没问题的。

他又说：要不你看看这个，这是五团政委老胡，爱人在长征时牺牲了，现在还是一个人……

王迎香眼睛盯着谢政委正儿八经地问：政委，这也是任务吗？

谢政委就抓抓头道：任务倒不敢说，总之这也是一项工作。都老大不小的了，早成家，早立业嘛。

谢政委又说：不把你和刘团长的个人问题解决好，我这个政委就没有当好。上级领导都批评我了，迎香同志，请你支持政委的工作。

王迎香只能不冷不热道：反正这些人我都不认识，见谁都行。

好，那我就给你做主，这个不行，咱们再见下一个。

从此，王迎香就开始了轰轰烈烈的爱情行动。

见面方式很是军事化，双方都挎枪、骑马的要么约在山包上，要么就是军营的操场上。她骑马从山包这面上来，对方纵马从山的那面抄上来，就像抢占山头似的。然后，两个人就勒住马，相距三五步的样子，上上下下、一览无余地把对方打量了。都是军人作风，都喜欢直来直去，一点也不浪漫。

你就是三团的刘勇？她开口问道。

我是三团团长刘勇，今年三十六，参军十五年了。他的回答更是简单、直白。

接着，两个人就从马背上跳下来，顺着山坡走一走。两匹马忠实地跟随在后面。

不知为什么，她一见到男人，就会把他和李志、刘克豪去比较。见这些男人之前，她已经在心里发过誓，要找就找比李志和刘克豪更加完美的男人，否则就不找。她也没想明白，为什么要拿这两个男人作为标尺，也许是一种潜意识。

她上上下下地把这个叫刘勇的男人看了一遍。从外表上看，眼前的男人要比李志和刘克豪矮一些，她在心里就重重地叹了口气。对方仍满腔热情地说：那啥，你们谢政委把你的情况都说了，你做过地下工作，不简单！听说做地下工作比战场上更危险，是吧？

她轻描淡写道：也没什么，不就是工作嘛。

刘勇又说：你做地下工作是和刘克豪搭档吧？刘克豪我熟悉，侦察连连长出身，挺优秀的。你们俩在一起那么长时间，就没处出点儿感情来？

她听不下去了，盯着对方严肃地说：刘勇同志，你这话是什么意思？我和刘克豪是革命同志，没你想得那么复杂。

刘勇尴尬地解释：我也不是那个意思，是听人家说的，好多做地下工作的同志都是以夫妻的名义在一起，后来就都结婚了。

她马上把脸拉了下来，牵过马，正色道：刘勇同志，咱们没有共同语言，你去找别人吧。

说完，飞身上马，一溜烟消失在山包的另一面。

留下一脸茫然的刘勇待在那里。

首战失利，又憋了一肚子气的王迎香心想：就这么个磨磨叽叽的男人，还想娶我？见鬼去吧。

她没有地方吐出心口的恶气，就狠狠地打了下马的屁股，马一路狂奔起来。

在军营里等待消息的谢政委，见王迎香打马扬鞭地回来了，忙迎上前问：咋样？刘团长人不错吧。

她冷言冷语地答一句：不错？是不错，他的心眼都快跟上女人了。我都怀疑他，这么多年是怎么领兵打仗的？

谢政委不用再问便明白了，这次是王迎香没有看上人家。他从怀里掏出小本来，一个又一个地念给她听。王迎香已经懒得听下去了，挥挥手说：见谁都一样，你不把我嫁出去，看来你是心不甘呢。行，我听你的，见——

王迎香摆出了一副破罐子破摔的劲头，谢政委立马又来了精神，很快又帮她约见了下一位男人。

这次见的是六团的副团长，刚三十出头，姓曹。两个人见面的地点约在了军营的操场。

这一天，天气不错，晴朗无云。操场上偶尔走过一列士兵。

曹副团长态度谦和，一看就没和女人打过交道，样子很拘束，一会儿搓搓手，一会儿挠挠头。曹副团长终于搓着手说：王迎香同志，你进步真快，这么年轻职务都和我一样了。

王迎香依然是不冷不热的表情：不年轻了，都二十五了，我们谢政委怕我嫁不出去呢。

曹副团长就说：怎么会？你的条件这么好。

就在曹副团长搓手、挠头的工夫，她已经把他和李志、刘克豪在内心做了比较。从外表看，他就被比了下去，身板瘦弱，讲话、做事像个女人，犹犹豫豫的。她知道自己不会和他有什么故事的，就仰脸去看白花花的太阳。

曹副团长自顾自地说下去：我听说你和刘克豪一起做过地下工作，你俩咋就……

他的话还没有说完，王迎香就打断他的话说：你是不是觉得我和刘克豪在一起更合适？

曹副团长马上说：不是那个意思。我就觉得这事挺奇怪的，你们在一起工作、生活那么久，应该是走在一起的啊？

她再也不想待下去了，转过身走了两步，背对着曹副团长道：对不起，我还有事，先走了。

她一回到宿舍，便一头扎到了床上。她真是郁闷得要死了，心想：这是怎么了，怎么见的男人一个不如一个？

就在王迎香轰轰烈烈相亲的时候，刘克豪在谢政委的安排下，也没闲着。

谢政委先找刘克豪做工作，他说：克豪啊，你也老大不小了，部队现在进城了，全国也解放了，你可是该考虑个人的事情了。

刘克豪半真半假道：我年龄多大了？

谢政委认真看着他：也不小了。

那我也该成家了？

谢政委点了点头：该了。王副团长我都替她张罗好几个了，你也该有所行动了。

刘克豪望着天棚想了想，像想起什么似的：你是说王迎香在相亲是吧？

谢政委很高兴刘克豪态度上的转变：是啊！王副团长态度很端正，每次我安排她见面，她都能积极地配合。

刘克豪的目光终于落在谢政委的脸上：政委，我听你的。你安排吧，我见。

在这之前，他始终没有琢磨过成家的事，尽管他已经二十九了。这几年一直打仗，要么在敌人内部工作，时间眨眼间就溜过去了，可记忆仍停留在更年轻的时候，总觉得自己还小，离成家还早着呢！何况对家的感觉他从未体尝过，虽说和王迎香在一起工作时是演戏，可生活内容如出一辙。在他的潜意识里，家也不过如此，所以成家的想法，在他心里一点也不迫切。

部队进城后，他经常参加战友们的婚礼。当新人满面红光地给大家敬酒时，他总会产生一种错觉，用手捅捅身边的谢政委说：他们这是真的吧？

谢政委正看热闹看得入神，便不假思索地说：这结婚还能有假的，你个刘克豪想什么呢？

在谢政委的精心安排下，刘克豪和师文工团一个姓杨的女兵见面了。

杨女兵二十一二岁的样子，眼睛很大，也很亮，还留着一条粗黑的辫子，模样很俏皮。也许是杨女兵第一次经历这样的场面，样子很羞怯，手和脚都不知道往哪儿放了，脸红红的，头也垂了下去。

刘克豪觉得杨女兵很有意思，而且有意思得很。虽然他也没有这样的经历，但看杨女兵这个样子，心里的优势一下子就表现出来了。他死死地盯着人家的辫子问：你的辫子这么长，打仗不碍事？

杨女兵踢着脚下的一颗石子说：这是我们团长让留的，他说演戏有用。

说说你都演过什么戏呀？

《兄妹开荒》和《白毛女》，你没看过我演戏啊？

听了女兵的话，他觉得她真的很有意思了。

他还想和她说点什么，可一时找不到话题，就顺嘴说：以后不打仗了，你准备干吗呀？

她一甩胸前的辫子，歪着头说：听组织的安排呗。

那你见我也是组织安排的喽？他憋着笑，认真地看着她。

是我们团长让我来的。他说你是个英雄，让我来见见你。她的头仍是低垂着，始终不敢看他一眼。

他觉得这场游戏该结束了，便说：那你回去吧。你跟你们团长说，就说你已经见完了。

那我走了啊！杨女兵直到这时才认真地看了他一眼，然后转过身子，一蹦一跳地走了。

他长吁了口气，如释重负地往驻地走去。

刘克豪和王迎香在谢政委的精心安排下，向他们各自的爱情发起了一轮又一轮的冲锋，结果都是铩羽而归。相对两个人而言，他们见谁、不见谁都无足轻重，重要的是，他们都摆出了对恋爱一往情深的架势，仿佛每次出去见人，不是为了自己，而是要让对方看到自己也去恋爱了。因此，两个人出去约会前，样子都搞得很夸张。

刘克豪出门前会让警卫员打来洗脸水，在院子里哗啦哗啦地洗，然后一会儿喊警卫员递胰子，一会儿拿毛巾的。警卫员就一趟趟地跑进跑出，许多下级见了，就停下脚步，关切地问：团长，你这是要干啥呀？

刘克豪大着声音说：谢政委给我介绍个对象，是三师文工团的，听说长得漂亮，人也不赖，让我去见见。

下级就笑，然后真诚地祝愿着：刘团长，希望这次成功啊。

刘克豪一边哗啦着盆子里的水，一边笑嘻嘻道：那是自然，我刘克豪什么时候失败过？

下级就咧开嘴笑脸奉迎着：那是，祝团长马到成功啊！

刘克豪粗门大嗓地说这些时，眼睛不时地瞟着王迎香的宿舍。那扇门大部分时间是紧闭着的，刘克豪就有些蔫，但他知道，王迎香一定是听到了。

有时就在他准备出门时，王迎香的门忽然就开了。她抱着肩，倚在门框上，歪着头看着刘克豪。

刘克豪看见王迎香，便煞有介事地说：那啥，王副团长，我出去一下，团里的工作你多照应一下。

王迎香就抿着嘴说：刘团长，啥时候请我们喝喜酒呀？我和老谢馋得口水都流出来了。

刘克豪抓抓头皮说：想喝喜酒还不容易，兴许这次见了，几天后就能喝上了。那啥，你就把肚子留好了，在家等着吧。

警卫员小李早已等候多时，这时小跑着牵马过来。刘克豪翻身上马，带着警卫员一阵风似的跑了。

轮到王迎香去相亲时，也一样闹得鸡犬不宁。

她把宿舍门敞开了，然后一遍遍地进进出出。临走时，她还特意敲开谢政委的门，放开喉咙说上一句：政委，那我就去了啊！

谢政委正在看资料，听到王迎香的话，抬腕看看表说：快去吧，要不就晚了，伍团长可是个急性子，他可不喜欢迟到的人。

王迎香笑嘻嘻道：晚不了，我的马跑得快。

看她不慌不忙的样子，谢政委就有些急：走吧走吧。和伍团长好好聊聊，那可是百里挑一的好男人啊！

她仍不急，又从容地敲开刘克豪的门，大咧咧地说：刘团长，跟你请个假，我这次去解决终身大事了，团里你就多照应些。有啥事，咱们回来再商量。

刘克豪就眯着眼睛，望着她说：那好，祝你成功。我和政委等着喝你的喜酒。

她摆摆手：酒是少不了你的，那我就走了。

然后，招手让警卫员牵过马，动作略显夸张地骑了上去。

两个人就这样一次次张扬着去相亲，每次回来却又都是无功而返。先是王迎香没话找话地对刘克豪说：今天你见的成了吗？啥时候喝你喜酒啊？

刘克豪不耐烦地应付道：快了，我都不急，你急个啥？

王迎香就呵呵地笑，抱着胳膊，一副事不关己的样子。

轮到王迎香蔫头耷脑地回来时，刘克豪又凑上去，也不多说什么，先是吹几声口哨，然后哂笑着：咋样？看你的样子，人家就没看上你。

王迎香火了，她憋了一肚子的火气正没地方撒呢，便脸不是脸、鼻子不是鼻子地说：刘克豪你少啰唆，我谈不谈恋爱关你啥事？

没关系，当然没关系。我是关心你，别忘了，咱们搭档过这么长时间，可是出生入死的战友啊。

刘克豪不提搭档还好，一提这两个字就让她气不打一处来——每次和男方见面，刘克豪都像影子一样被人提起。而人家这么一问，她的无名火就蹿了起来，心想：我恋爱结婚，和刘克豪有什么关系？别人为什么总对他那么感兴趣。

这一次，她仿佛一下子就找到了突破口，见刘克豪这么问，就把缰绳一丢，追着他冲到屋里，指着他的鼻子说：刘克豪，你知道我为啥见不成对象吗？

刘克豪点点头：那是你的眼光高，看不上人家？

王迎香没好气地说：还不都是因为你。

刘克豪一脸无辜地说：你谈不成跟我有啥关系，我又没反对你。我和谢政委可是支持你恋爱的。

王迎香一屁股坐下来，乜斜着眼睛看着他：是你坏了我的名声。

刘克豪就一头雾水了，他怔怔地望着王迎香，张口结舌道：这话怎么说，我可从来没有说过你的坏话。

王迎香拍了一下桌子：因为我跟你做过假夫妻，人家都以为我是你的人了。

刘克豪听了，忽然意识到问题严重了。他猛地站起来说：这怎么可能，组织给你证明，我也可以给你证明，咱们是战友，没有别的关系。

王迎香眼泪汪汪地看着他。他一看到她的眼泪，心就软了，起初他对她一次次恋爱不成还有着幸灾乐祸的心情，只要她谈不成，他就高兴。此时，看到她这般模样，他有些骑虎难下了。

王迎香态度忽然就强硬起来，甚至有些无理取闹地说：告诉你刘克豪，你要对我的幸福负责。

刘克豪再也坐不住了，他立即找到谢政委做了汇报。谢政委也显得很严肃，一时却也想不出好的办法。

刘克豪口不择言道：要不让组织给出个证明吧，我也给王迎香同志写份说明，证明我俩的关系是清白的。

谢政委被他的话逗笑了，他指着刘克豪说：刘团长，你真是聪明一世，糊涂一时啊。这证明怎么开，你让王迎香拿着证明去谈恋爱，这事亏你想得出来。

刘克豪一时没了主意。看着一圈圈在屋里走来走去的谢政委，他眼都晕了：老谢，你别走了。你走得我头晕，快想想办法呀！

谢政委一拍脑门，果然就有了法子，他自言自语道：你看我这脑子，简直就是灯下黑呀，事物只看到了表面，却没有看到其本质。

刘克豪不明白了：老谢，你说啥呢？

谢政委拉了把椅子坐在刘克豪对面，两眼放光地问：刘团长，你和王迎香同志合作时间最长，你觉得她人怎么样？

刘克豪不假思索地说：那还用说，她立场坚定，作战勇敢，是个好同志。

还有呢？谢政委盯紧他追问道。

为人热情，关心同志，不怕牺牲。总之，她有很多优点，人是没的说。老谢，我就不明白，那些人咋就看不上她？

谢政委若有所思地说：那些人不是看不上她，是不了解她啊！

停了一会儿，谢政委又说下去：克豪同志，你选择爱人的标准是什么？

刘克豪一时摸不着头脑，随口说：当然得是好同志了。

你觉得王迎香不是好同志吗？谢政委趁热打铁地抛下一句。

当然是好同志，没得说。

这时，谢政委一拍大腿道：要是让你和王迎香谈恋爱，你愿意吗？你要说实话，不许打马虎眼啊！

刘克豪一时有些傻眼，不知如何作答。

谢政委又追问下去：你觉得王迎香够不够你的标准？

刘克豪的脸红了，心里那一团厚厚的迷雾一下子就被谢政委驱散了，眼前顿时透亮许多。原来他见了那么多女同志，始终没有动心的原因一下子就找到了，他一直拿那些女同志与王迎香做着对比。不是她们不好，而是她们不是王迎香。

谢政委颇有些恍然大悟：我觉得你和王迎香是最合适的。你看我这段日子都是瞎忙活啥呀！克豪你给我句痛快话，你觉得王迎香和你合适不？

刘克豪支支吾吾着，心里透亮了，但从他嘴里说出来，还是有一定难度。

谢政委就说：你看你，咋变得跟个女同志似的。痛快说一句，到底行不行？

刘克豪低下了头：人家看不上，咱有意思有啥用？

刘克豪的话刚说完，谢政委就拍了大腿：行了，你别跟我隔山打炮了，有你这句话就行了。

谢政委接下来就风风火火地去做王迎香的工作。

他找到王迎香时，王迎香正坐在窗前手托着腮在发呆。谢政委朗声笑道：王迎香同志，你现在的思想负担很重啊！都怪我这个政委，工作没有做好，我先向你赔礼道歉了。

王迎香就说：政委，这事跟你没关系，是刘克豪坏了我的名声。

王迎香同志，这就是你认识上有问题了。你和刘克豪同志在一起搭档工作是做出了巨大牺牲的，要怪只能怪组织的工作没做好，我向你认错，你尽管批评。

听了政委的话，王迎香的眼泪都快流出来了。

谢政委趁热打铁地说：迎香同志，你跟我说句心里话，刘克豪这个同志怎么样？

他当然是个好同志。王迎香脱口而出。

那他有什么错误和缺点你也说出来。

王迎香仔细地想了想：我还真没有发现他有什么错误和缺点。

谢政委如释重负地吁了口气，说：这就对了，那你俩为啥就不能在一起呢？

王迎香明白了谢政委的用意，脸一下子就红了，嘴里喃喃着：政委，你是想让我和他恋爱？

谢政委一边大笑，一边说：不是他是谁呀？你们俩再合适不过了。

王迎香马上站起来，坚定地摇着头说：不行，不行，肯定不行。

为什么？谢政委一脸的不解。

王迎香失望地说：你看他那样，他啥时候正眼看过我。他要是有那个意思，还用等到今天？

谢政委看着王迎香笑得不可收拾，不仅笑弯了脸，还笑出了眼泪。他抹掉眼角的泪说：你们呀，你们呀，让我说什么好啊！

接下来的事情就顺风顺水了。

结　婚

事情挑明后，刘克豪和王迎香有了一次专门畅谈的机会。这次畅谈自然也是谢政委一手策划和导演的。

地点在驻地外的一个山坡上。时间是下午，阳光不再那么热烈，两个警卫员牵着各自的马，不远不近地跟在两个人身后。马儿自在地在山坡上嗅着。

两个人的距离不远也不近，王迎香仍然是一脸不情愿的样子。她不看刘克豪，只望着远处的秋阳。

刘克豪清了清嗓子说：迎香同志，事情是这样的，谢政委找我谈话了。

王迎香不领情地翻了翻眼睛：他和你谈你的个人问题，和我有什么关系？

刘克豪似乎下了最后的决心，终于吐出句：当然和你有关系，他建议咱俩好好谈谈。

咱们不是谈着吗？好，你说，我奉陪。

刘克豪就喋喋不休地说下去，从东北说到了济南，又从济南说到了现在。说来说去，都是在表扬着王迎香，赞美她对革命的坚定和对同志火一般的热情与温暖。

王迎香就突然笑了：刘克豪同志，咱们认识也不是一天两天了，你别兜那么大圈子。我又没有牺牲，你就别跟念悼词似的，有什么话，你就痛快地说。

刘克豪站在那里，涨红了脸说：王迎香同志，我想和你结婚。

王迎香用劲儿地看他一眼，又看他一眼，突然眼圈就红了。她用手捂着脸，慢慢地蹲下了，刚开始是一阵呜咽，然后就大声地哭起来。她自己也说不清楚为什么此时会哭出来。

王迎香突然而至的哭声，弄得刘克豪一时手足无措。回过身，扫一眼远处呆立的警卫员，再看一眼蹲在地上的王迎香，就挥挥手说：王迎香同志，你这是干什么？我要是说错了，请你原谅。你别哭啊——

王迎香把手从脸上移开，抽抽咽咽道：你别管，我愿意。你走开——

说完，她一屁股坐在了山坡上。

刘克豪没有走，他先是绕着王迎香走了两圈，见她一时半会儿没有起来的意思，就坐了下来。他坐在离她不远的地方，这一坐就拉近了两人之间的距离。刘克豪尴尬地解释道：你别哭了，谢政委说你愿意，我才来跟你说的。你要是不愿意，看我这人别扭，那我就把刚才的话收回，行不？

王迎香惊叫一声，一下子歪倒在他的怀里，突然抓住他的胳膊，狠劲儿咬了一口，说：刘克豪，我恨你！

这一咬，让刘克豪疼得龇牙咧嘴。他还没有反应过来，她使出浑身的力气，一下子把他的腰抱住了。由痛彻入骨到美梦成真，他差点晕了过去。这时，他仍没忘记回头看一眼身后的警卫员，发现人和马早就不知躲到哪儿去了，他这才把王迎香抱住了，气喘不已地说：迎香，其实我早就喜欢上你了。

王迎香仰起脸，不停地用手捶打着他的胸口说：我恨你，恨你！

事情到了这一步，已是一目了然了。接下来，刘克豪和王迎香就向众人宣布他们要结婚了。

这是剿匪团进城后的第一个婚礼。尽管剿匪团的人曾参加过无数次的婚礼，但那是别人的婚礼，自己的团办婚礼还是头一遭。

婚礼由谢政委一手操办，张灯结彩自然不用说了，还派人买了头猪，热热闹闹地杀了。谢政委又派出通信员，满世界地去送通知。

谢政委觉得亲手操作的这门婚事，是自己的神来之笔，也是自己的杰作。因此，这场婚事也被他张罗得热情高涨，激情四溢。

婚礼那天，师长、包括全师的团以上干部都到场，表示祝贺。那时送礼也没什么拿得出手的，就分别以团的名义赶来一头猪或者是牵来一只羊。

刘克豪和王迎香作为新人，也只是在胸前戴了红花。他们站在门口，迎接着前来贺喜的人们，先是师长和政委捉住他们的手，一边激动地摇着，一边说：祝贺你们啊，你们这是迟来的婚礼呀！

刘克豪咧着嘴，不好意思地打着哈哈：不晚，不晚，来得正好哩。

王迎香却已是一脸酡红了。

那些团长和团政委倒不像师长、政委那般客气，几天前王迎香还和他们相过亲呢，此时的再见就多了几分意味。

伍团长瞅着王迎香道：咦，你这丫头，上个星期还和我见面，我还等着你的信儿呢，咋就和刘团长结了，那我以后咋整？

王迎香羞得低下了头。

文工团团长也来了，他捉住刘克豪的手，笑嘻嘻道：刘团长啊，你说你，文工团的丫头见了一大堆，咋一个都没看上。我说哪，敢情你是肚里有粮啊，害得我跟着瞎着急。

也有和刘克豪熟悉的家伙，不管不顾地当胸就是一拳：你小子真能装，当初我就不信，你和王迎香在一起那么多年，就没点儿意思？现在你承认了吧？

刘克豪此时就摆出一副要杀要剐随你的架势，任凭你怎么说，他就迎了笑脸，一句话：多喝，多吃！今天是我刘克豪结婚，猪肉炖粉条子，大家可劲儿吃啊。

婚礼是热闹的，接下来就是刘克豪和王迎香挨个给大家敬酒了。王迎香的酒在部队上也练了出来，不喝则已，一喝就是“咕嘟”灌下去。敬酒时，先端着碗干了，也不管别人喝不喝，从警卫员手里抱过酒坛子，咕咚咚地满上，又朝下一个人奔去。

刘克豪也喝了几圈了，此时头重脚轻，看见王迎香喝得起劲儿，就趔趄着去拦：你不行了，别喝了，我和他们干。

王迎香把他的手扒拉开，道：你别管我，我就是你老婆，你也别想管我。以前搭档时你就管我太多，现在我高兴，不听你的。我要喝！

众人就一旁起哄，嗷嗷地叫着。刘克豪也跟着笑起来，一副痴呆的模样。他看着王迎香举着酒碗又杀进欢乐的人群中，仿佛看到了当年打游击时的王迎香。

终于，王迎香倒下了。倒下的她还试图站起来，最后还是刘克豪把她扶住了，她嘴里仍不服地说：没事，我没事，我还能喝——

刘克豪不由分说把她抱进了新房。

新娘子都喝倒了，婚礼也就结束了。

刘克豪呆怔地望着躺在床上的王迎香，忽然想到应该让她躺得舒服些，便过去搬她，顺手也想把她的腰带解下。这时王迎香惊醒了，用手护住腰间的枪，厉声道：别动我的枪，谁也别想动。说完，双手死死地把枪抓住了。

刘克豪木着舌头说：没人动你的枪，动你枪干什么？说完，一歪头，也睡了过去。他在睡前还想着：王迎香是我老婆了！这个问题还没想完呢，他就一头“婚睡”了过去。

夜里，王迎香突然就醒了，她惊惊乍乍地喊：我的枪，我的枪呢？

刘克豪也醒了，一骨碌从床上爬起来，下意识地把腰里的枪拔了出来，滚下床，一把拉亮了灯。

灯光下，两个人拔枪相向，一时都没有反应过来。等他们清醒后，王迎香仍迷迷瞪瞪地问：你怎么在我的房间里？

刘克豪怔了一下：咱们结婚了啊。

王迎香这才彻底清醒过来。她放下手里的枪，抱着头说：克豪，对不起，我喝多了，客人呢？

客人早就走了。刘克豪看着她的眼睛。

王迎香猛地扑到他的怀里，颤声道：克豪，咱们真的是一家人了？

是，我们是一家人！克豪眼睛一眨不眨地看着她。

她抚着他军装上的纽扣，两行泪水幸福地奔涌而出。

转　业

此时的时间是1950年的秋天，当前的形势是蒋介石逃往了台湾，剿匪工作从南方到北方已经进入了尾声，只有零星的小股土匪仍然活跃在深山老林里，但那不过是秋后的蚂蚱，没有几天日子了。

全国的局面出奇的好，解放后的中国百废待兴，部队解放一座城市后，就有一部分军人被安排转业，接管这座城市的具体工作。眼下没有大仗可以打了，主要任务也就发生了转变，全国上下全力以赴投入到建设新中国的运动中。

刘克豪的部队接到了精简整编的任务。那些日子里，一批又一批战功卓著的师长、团长们转业了，他们舍不下这些朝夕相处的战友。在告别部队的时候，他们眼含热泪，一步三回头地说：啥时候打仗了，我还回来。然后，恋恋不舍地走了。

刘克豪和王迎香在新婚的日子里，日子过得也并不踏实，身边一个又一个战友转业，有的留在了原地，有的回到了原籍，军营里昔日热闹的场面，渐渐地冷清了下来。

刘克豪这个团一直还没有精简整编的意思，王迎香就和刘克豪商量说：看样子，咱们团算是保住了，你有啥打算？

刘克豪想了想，其实他这段时间也一直在想这个问题。他只能说：我服从组织的命令。

王迎香听了，就不高兴了。她拍着腿说：让你转业离开部队，你也服从？

刘克豪哑然。说真心话，他不想离开这支熟悉的部队和环境，当初让他来东北深入敌人内部工作时，他已经体会到了那份孤独，现在终于回来了，仿佛离家的游子再也不愿松开母亲的怀抱。但他也明白，自己是组织的人，是组织培养他一步步走到今天，他没有理由、也不可能不服从组织的安排。

王迎香瞥了他一眼，不管不顾地说：你走不走我不管，反正我不走！我要在部队干一辈子。

刘克豪就摇头，一副欲言又止的样子。

王迎香铁板钉钉地说：你不信？不信咱们就走着瞧！

这话说过没几天，军长就亲自来到他们团，找他们谈话了。军长就是昔日的三师师长，是他们的老领导。当军长把当前的背景介绍给他们时，谢政委第一个举手表态了。别看谢政委平时性子有些黏糊，在关键时刻，他一点也不磨叽。他正色道：组织的决定，我服从。到了地方，不管让我干什么工作，我都会像在部队一样，保证精彩地完成任务。

军长就很高兴，还空洞地拍起了巴掌。

谢政委表完态，军长就把目光停留在了刘克豪的脸上。刘克豪站起来，挺着胸脯道：我也服从组织的安排。

他说这话时，王迎香拽了拽他的衣角。两个人在军长介绍情况的时候，曾悄悄有过几句耳语——

王迎香道：我告你刘克豪，你要是离开部队，我就跟你离婚！

刘克豪不解地瞪大了眼睛：离不离开部队，咋跟过日子扯到了一块儿？

王迎香胡搅蛮缠着：我不管。我不可能和一个老百姓过日子。我嫁的是军人，是团长。

刘克豪赶紧追问道：那你要是离开部队呢？

王迎香不假思索地说：我是不可能离开部队的。我告诉你，我生是部队上的人，死是部队上的鬼。我就赖在这儿，不走了。看他们拿我怎么办？

此时的刘克豪让王迎香一点办法都没有了，她只能去扯他的衣角。刘克豪没有理睬她的小动作，流畅、清晰地向军长表达了自己的想法。

刘克豪刚讲完，还没等军长征求王迎香的意见，她已经"腾"地站了起来，盯着军长说：军长我问你，你转不转业？

军长一头雾水地望着她：这个军还在，我这个当军长的当然还不会走。现在是你们这个团撤销了，干部自然也就要转业。

王迎香铁嘴钢牙地说：那好，只要你不走，我就不走。我就不信，你这么大个军长就安置不了我一个王迎香？

她的话刚说完，所有人的眼睛都一齐望向了她。

此时的王迎香脸都白了。她盯着军长，又一字一顿地说：告诉你军长同志，我生是部队上的人，死是部队上的鬼。想让我走也可以，你派人一枪把我崩了，抬出部队去！

军长站了起来，谢政委和刘克豪以为军长要生气了，刘克豪赶紧打个圆场，想让眼下的场面缓和一些。他刚要说话，军长用手势制止了他。

军长背着手，仔仔细细地把王迎香看了又看，突然就笑了起来，并伸出手，指着她说：别人能服从命令，你为什么不服从？

别人是别人，我是我！要是让我说啊，那是他们对部队感情不深。

说完，她还用眼睛狠狠地瞪了眼呆立一旁的刘克豪。

刘克豪忙不失时机地说：王迎香，你别胡闹，这是组织在和你谈话。

王迎香用胳膊挡开刘克豪伸过来的手：你别组织组织的，我革命的时间不比你短，我还不知道组织？

军长打断了他们的争执：王迎香同志，我要是不同意你的要求呢？

答不答应是你军长的事。我就不信你军长就安排不了我一个小小的王迎香？你非让我转业，我也没办法，但是枪我是不会缴的。说到这儿，她还拍了拍腰间的枪。然后说：那我就上山去打游击，我要从头开始革命，当年我可是打游击打出来的。

军长呵呵地就笑了，然后绕着王迎香走了三圈。

王迎香仍然不依不饶地说：军长，到底咋样，你给我个痛快话。

说心里话，也就是此刻，军长有些喜欢王迎香了。以前他接触她并不多，只是从简历上对她有些了解，此时的王迎香是鲜活、有个性的。也正因为喜欢，他还真有些舍不得让她离开部队了。

想到这儿，军长笑眯眯地说：你的想法可以考虑！等回到军里，我和政委再商量一下你的问题。

王迎香梗着脖子说：那不行！我现在就让你给我个痛快话，要不然我睡觉都不踏实。

军长的口气也强硬了起来：这不行！你的事还没研究，我一个人答复不了你。

说完，就走了。看样子，军长似乎生气了。

王迎香一看军长要走，也急了。她冲着正要启动的吉普车喊：军长，你这人咋这么磨叽，还没给我个痛快话呢？

坐在车里的军长，微笑着冲她挥了挥手。

王迎香真的急了，大声喊道：警卫员，牵马！

警卫员牵马过来了。刘克豪拦住了王迎香的去路，他呵斥道：王迎香，你要干什么？

王迎香已经翻身上马，她大声喊道：我要去军部。军长今天不给我答复，我就不回来了。

说完，打马追赶军长去了。

刘克豪没拦住王迎香，情绪有些低落，他冲谢政委说：政委，都怪我没有事先做好王迎香的工作。

谢政委扶了扶眼镜说：没啥，人各有志，你就让她去吧，也许她会留下来。

傍晚的时候，随着马蹄声，王迎香回到了团部。

谢政委和刘克豪正在清理文件。团已经不存在了，他们也确定了转业，下一步的工作就剩下移交了。

王迎香风风火火地闯了进来。她一进门，便拿起刘克豪喝水的茶缸，"咕咚咚"地喝了一气，然后抹着嘴，冲呆望着她的两个人说：你们收拾东西吧，我的东西不用收拾了。

谢政委急切地问道：军长答应你留队了？

王迎香自豪地捋了一把头发，微笑着点点头。

刘克豪想不到事情竟会是这样，按理说，最应该转业的就是王迎香了，一个女同志，怎么着也不适合打打杀杀的，留谁也留不下她。没想到，最不该留下的人，却留下了。他有些茫然，也有些不解，就那么瞪着眼睛望着王迎香。

王迎香得意地看着他说：你瞪我干啥？我告诉你，你没做梦，不信你就掐把你的大腿。

刘克豪果然掐了自己一把，生疼。他相信自己并不是在做梦。

两个人回到家里时，刘克豪无论如何也高兴不起来。他觉得自己很失败，最让他想不通、也弄不明白，自己最该留下，却没有留下；反倒是不该留下的王迎香，留下了。他百思不得其解。

那晚王迎香异常兴奋，一高兴就炒了两个菜。吃饭的时候还摸出一瓶酒，给刘克豪倒上，也给自己倒了一碗。她率先举起酒碗说：刘克豪，今天我高兴，陪我喝几口。

刘克豪坐在那儿，没有动。他摇着头说：我不想喝。

你不喝，我喝。说完，王迎香端起酒碗，喝下两口，然后抹抹嘴道：这酒可真是好东西，你不喝会后悔的。

刘克豪盯着她问：军长真的答应你留队了？

那还有假?！明天我就去军医院报到。我现在是军野战医院的院长，我现在不是副团长了，你以后要叫我王迎香院长。知道了吧？

说完，又端起了酒碗，一口气喝干了。然后，冲着刘克豪，嘴里冒着酒气说：刘克豪，我瞧不起你。你是个逃兵，你转业了，就再不是军人了。不过你放心，有我保护你。

刘克豪终于动了火气：王迎香你太过分了！

说完，把碗里的酒一饮而尽。

这时，王迎香的酒劲上来了，她全然不把刘克豪放在眼里了：刘克豪，你虽然是个军人，但你对革命不真心！还不如我王迎香一个女人呢。知道我为什么留下来吗？告诉你，是我革命的决心和热情打动了军长。不像你们就知道服从组织，咋样？转业了吧，离开部队了吧？

受到打击的刘克豪一把扯开上衣，红着眼睛喊：王迎香，你别得意。在部队是革命，我到了地方照样干革命，不会比你差！

王迎香在酒精的作用下，有种腾云驾雾的感觉。这种感觉很美妙，她沉浸在幸福中喃喃自语：克豪，我真是离不开部队啊！离开部队了，我不知道该干个啥。就是部队里没仗打了，我端着枪给你们看大门，让你们建设新中国，我也高兴。克豪，你并不了解我啊！

此时的刘克豪是怀着忌妒和羡慕的心情听完了王迎香的絮语。在她面前，他忽然觉得有些无地自容，只能黯然接受了眼前的现实。

第二天一大早，军区总院就来人了。他们是接王迎香走马上任的。

又没过几天，谢政委、刘克豪和他们的剿匪团便集体转业了。

公 安 局

刘克豪和谢忠政委同时转业，又被同时安置到了区公安局工作，刘克豪任区公安局局长，谢忠任政委。解放初期，地方政府的班子其实就是部队班子的原班人马。所有的城市都是刚刚解放，而建立新政权是需要人马的，于是一批又一批的部队转业，干部便走马上任了。环境不熟，工作不熟，好在一切都是崭新的，正如一张白纸，正等待他们在上面绘出最美的图画。

那时的公安局还没有自己的统一服装，制服仍然是部队时穿的，只是胸前的解放军徽章换成了公安的。如果不走到近前细看，解放军和公安也没有什么两样。办公地是临时找的，几间空房，再找些桌椅，一部电话拉上线，就开始办公了。公安局下面的警员仍然是剿匪团的那些人，以班、排的建制派出去。刚开始的公安局，最主要的任务就是负责社会治安。

解放初期，一切都是乱的，居民楼里人员复杂，什么身份的人都有。有时夜半醒来，还有打冷枪、绑票和杀人越货的。于是公安局的工作就很繁重，像救火队员似的在这座城市里奔忙着。

自从成立了公安局后，部队就撤到郊区，号了房子，号了地，建起一座崭新的军营。号不到房子的就临时搭建简易营房，似乎一切都在朝着有序的方向发展。

王迎香因为仍留在部队，就很少有时间过去和刘克豪团聚。那时两个人也都在忙，况且部队又迁到了郊区，相聚一次，也并不是件容易的事。

巧的是公安局的办公地点正是当年军统局东北站的办公楼。那些现成的宿舍也就成了公安干警们的居所，刘克豪又把自己当年和王迎香住的房间收拾了出来。

军统局东北站从这里撤走后，这里一直空着。刘克豪走进昔日的“家”时，看着墙角挂满的蜘蛛网和散落的纸屑，依稀还能感受到当年的情形，心里也是感慨万分。

王迎香第一次回到这里时，竟也愣住了，恍如隔世。看着熟悉的门窗，仿佛只是出去串了个门，又回来了。她梦呓似的说：真不敢相信这一切都是真的?!

刘克豪眼睛发亮地看着王迎香：以前咱们是假扮夫妻住在这里，是地下党。现在，咱们才是这里的真正主人啊！

王迎香使劲地嗅着空气，好像在努力嗅着当年的味道，很快，她的眼圈就有些红了。

晚上，两个人靠在床头，透过明明暗暗的夜色，意犹未尽地叙述起往事来。

当年你就真的一点也不喜欢我？王迎香的一只手在丈夫的胸前轻抚着。

他摇了摇头：那时你总是闯祸，我真巴不得你早点离开这里。

那你是啥时候对我有一点点动心的？说话时，她的眼睛亮闪闪的，透过暗夜，似一头温驯的小鹿。

他努力地想了一会儿，还是没有找到答案，便又摇摇头说：我也不知道。

她有些不高兴了，把头从他的怀里移开些：这么说是我在追求你了，你别得了便宜还卖乖。

他伸出手，捧住了她的脸，真诚地看着她说：我真是说不清楚。两个人在一起久了，就感觉谁也离不开谁了，再看别人怎么都觉得不顺眼。

停了一会儿，他想起什么似的问：你倒也说说，你是啥时候对我有意思的？

她口是心非道：别臭美了，我啥时候对你也没有想法。是你自作多情，要不是谢政委做工作，我说啥也不会嫁给你。

这么说，你觉得自己亏了？他嬉皮笑脸地问。

她在他身上拍了一巴掌道：不是亏了，是因为你是个逃兵。

直到现在，她仍然对他没能留在部队耿耿于怀。虽然他现在干的是公安，穿的也还是那身衣服，但她还是觉得他少了些什么，就人前人后地笑他是“土八路”。每次她这样称呼他时，他也不辩白什么，笑嘻嘻道：好，我是“土八路”，你是“真八路”，行了吧？

眼下的工作似乎公安局比部队还要繁忙许多，说不定什么时候就有事，每一桩、每一件，都要他这个公安局局长亲自去抓。一切都显得纷乱无头绪的样子。

有时候人半夜里从床上爬起来，直到天亮，才回到家。这时的王迎香已经起床了，她冷嘲热讽道：有啥收获？

他无可奈何地摇摇头：就是几个可疑分子，审了审，没什么证据，就放了。

她撇了撇嘴说：我说你是“土八路”吧，你还不承认。

第二天早晨，就在王迎香离开家，穿过一条马路的时候，迎面从胡同里走出一个人来。她刚开始并没有在意那个男人，只是那人身上的什么东西，一下子把她的目光吸引了过去。她看了那人一眼，那人似乎也瞟了她一眼，但很快目光就收了回去。再定睛看时，她差点惊叫起来。马天成！她在心里惊呼一声，就去揉自己的眼睛，她有些怀疑自己看错了。

那人走远了一些，她下意识地疾步追过去。那人似乎一副训练有素的样子，过一条街，钻入一条胡同，一闪身，不见了。

她跟了一会儿，茫然地站在那里，手捂着胸口，长叹一声：天哪！

这时，她开始确信看到的男人就是马天成，那个军统局东北站执行队的队长。

想到这儿，她快步往回赶。

进了公安局，她一把推开刘克豪办公室的门，靠在那儿猛一阵喘，却说不出一句话来。

刘克豪正趴在桌子上看一份文件，见她惊魂未定的样子，忙抬起头：你怎么了，不是上班去了吗？出什么事了？

马天成！我看到马天成了。

他站了起来，追问道：哪个马天成？

就是东北站执行队的马天成啊！

你肯定没看错？

她舒了口气，道：就是把他烧成灰，我也认得。

看来他还在啊。他喃喃道。

王迎香走后，他便再也坐不住了，看来敌人就在自己的身边啊！自从转业到公安局后，他真的有些不适应，整天就是负责治安、抓小偷，他开始觉得这些工作不应该由一个野战军的团长来负责，随便找个什么人都能胜任这样的工作。他开始怀念在部队的日子，抢占高地，攻打城市，千军万马地冲锋陷阵，那才是一个真正军人应该去完成的。不管是流血还是牺牲，他都觉得痛快、酣畅。眼下的工作却让他感到有劲使不出。他曾和谢忠政委发过牢骚：老谢啊，看来咱们转业真是错了，这过的是什么日子啊？

谢政委似乎天生就是做思想工作的人，你急，他不急；你想不开，他能想得开。

老谢就说：你现在是区公安局局长了，不是以前的团长，啥事都得看清当前的形势，部队现在不打仗了，全国都解放了，现在是建设时期，你的任务就是当好公安局局长，懂吗？

他面对谢政委的一套说辞，不管懂不懂，能不能想得开，他都得认真对待，凭着责任心在一天天工作着。

此时，早已在他的记忆中淡去的马天成，又一次出现在他的脑海中，便再也挥之不去了。他清楚地记得，军统局东北站留下的人员中不仅有马天成，还有尚品和整个执行队，足有三十几人，尚品还负责着敌人的电台。看来，他们还都潜伏在这座城市里。

在这座刚刚解放的城市中，表面上看风平浪静，水波不兴，又有谁能想到，这里竟还蛰伏着这些危险的人。作为在敌人内部工作过的刘克豪，他深知打入对方内部，意味着什么。这些经过特殊训练的人，窃取情报和刺杀是他们的专长和使命。想到这儿，他浑身的每一根汗毛都惊乍了起来。

他立即把这一重要情况汇报给了谢政委，沉稳的谢政委也是一副大敌临头的样子。事不宜迟，于是一份加密文件，被火速地送到了市局。

市局对此也是高度重视。公安局在每一座刚解放的城市里，首要的任务就是反特。

市局连夜召开了区县局长、政委参加的重要会议。在会上，市局杨局长布置了一项代号为“001”的特殊任务。这也是沈阳解放后的第一项反特任务。

刘克豪被任命为特别行动组的组长，直接归属杨局长领导。于是，一项神圣、紧张的反特工作在刚刚解放的沈阳城内打响了。

军统特务

此时的马天成早已改名换姓，他现在的名字叫王宝山，是一家医院开救护车的司机。解放初期的沈阳百废待兴，每一个行当的人才都极为缺失，会开车的人更是寥若晨星。马天成，也就是现在的王宝山轻而易举地就谋到了这样一份工作。

他之所以选择司机这样的职业，也是有着充分的考虑，毕竟有了车，活动的空间就大了许多。另外，开车不必和更多的人打交道，无形中就会减少自己暴露的次数。这对于他的隐藏是有利的。

王宝山作为军统特务的代号是“001”，这足以证明他是沈阳城内隐匿的头号人物。“002”则是尚品的代号。当时国民党的部队撤离沈阳之前，徐寅初站长秘密地召集马天成和尚品，向他们宣布了一项特殊任务——隐匿起来，有朝一日打进共产党的内部，为以后国军光复东北埋下两颗定时炸弹！这项秘密任务，军统局的许多人都不清楚，在刘克豪的印象里，马天成和尚品带着东北站的执行队，是作为敢死队派出去的，他们的任务是督战。后来，当他们和作战的部队混在一起时，结果可想而知。

事实上，马天成和尚品带着执行队并没有前去督战。在走出人们的视线后，他们就脱去军装，藏了枪械，混在老百姓中“逃出”了战乱的沈阳城。

沈阳城解放后，他们是有机会再混进城里的，也就在这个时候，他们接到了一份新的指令，上峰命他们纠集被打散的部队，组织一支武装力量，就地打游击。

当时的国军刚撤出沈阳和东北，平津战役还没有打响，蒋介石心存梦想，调兵遣将，准备杀共产党一个回马枪，到那时，别说沈阳，就是整个东北还不是国军的天下？于是，在上峰的命令下，马天成和尚品开始了收容残兵败将的工作。

国军撤得匆忙，一些没来得及撤走的士兵，脱下军装自顾逃命去了。另有一些顽固派仍聚集在一起，伺机而动。召集这些人并不是件难事，在丧失了军心和指令的情形下，这些散兵游勇唯一缺少的就是领军人物。在马天成和尚品的牵头下，很快就召集了二百多号人马。

这些人马聚集在一起，显然不能在光天化日之下活动。于是，他们躲进了帽儿山。那里山高林密，别说藏几百个人，就是撤进去万儿八千的人，也不显山露水。

在他们逃进帽儿山时，帽儿山就盘踞着一股土匪，领头的是人称“辽南王”的胡快枪。胡快枪是辽南一带有名的神射手，抬手一枪，指哪儿打哪儿。据说他练出这手绝活，是下了一番苦功的。胡快枪之所以被称为辽南王是有些说法的。日本人在时，他就是胡子；后来苏联红军从旅顺口杀进来，追得小日本嗷嗷乱叫，他还是胡子。现在共产党解放了整个东北，他仍然盘踞在帽儿山，没人能拿他怎么样。胡快枪早就放出话了，这帽儿山就是他辽南王的，别人休想染指。

当马天成和尚品带着国民党的残兵败将，准备在帽儿山里休养生息时，就侵犯了胡快枪的利益。他们进山时，早就听说了辽南王的大名，但也没把事情想得有多么棘手，只想着把这些胡子收容了，应该是件轻而易举的事。派出人去与胡快枪谈判，结果是胡快枪不愿意被收编，即便收编，也是胡子收编这支败军。

急于藏身的这股人马，就与胡子交战了。当时国民党的这股小部队，还是有些战斗力的。胡子毕竟是胡子，装备差，没有整体的协调性，完全是靠着单打独斗。战斗的结局是，胡快枪被一发炮弹击中后，就群龙无首了，胡子们一部分降了，另一些人作鸟兽散。帽儿山就成了这股国军的天下。

以后的形势便急转直下：北平被和平解放；天津失守，平津战役没费多大的劲儿就结束了；最后重庆也没能保住；就连天高皇帝远的海南岛都被共产党收到了怀里。蒋介石的落脚点，只剩下了孤岛台湾。

马天成和尚品对这些消息是一清二楚的。他们手里有电台，可以随时和军统局保持着联络。当刘克豪的剿匪团包围帽儿山时，马天成和尚品知道大势已去，整个中国都被共产党拿下了，只差个小小的帽儿山。当初他们藏身帽儿山，是在等待国军有朝一日再杀回来，到时再里应外合，光复整个东北。

随着国军的节节败退，他们的心凉了一截又一截，最后只剩下失望了。剿匪团包围帽儿山时，马天成和尚品就知道，自己的气数已尽。他们怀着悲壮的心情，向军统发出了最后一份电报。在绝望与战栗中，他们得到了最后一份指示：001、002，你们的任务是回到沈阳，伺机而动，听从召唤。

得到这封密电时，他们的心就彻底凉了。当下，两个人收拾好电台，在夜晚来临时，扔下队伍，悄然撤出了帽儿山。

回到沈阳后，马天成和尚品就分开了。分开行动是上级的指示，身为军统的两个人很清楚，在一起只能是一荣俱荣，一损俱损。

在最初的日子里，马天成和尚品没有任何的联系和往来，他们要在最短的时间内把自己深藏起来。藏起来的首要目的是活命，当时他们不敢奢求国民党反攻大陆，朝鲜战争更是连影都还没有呢。他们不相信国民党还有什么气数，蒋介石连自己都顾不上了，还能管他们这些被抛弃的人吗？

马天成一直记挂着自己的老婆刘半脚，虽说是在山东老家娶的女人，可这么多年，风里雨里的，也让女人受尽了苦头。他长年漂泊在外，家里的双亲就靠了她的操持。要不是东北危在旦夕，他不会和老婆刘半脚有这么几个月的断守。

正因为与老婆短暂的断守，他更不放心刘半脚了。当时，军统局的家属们被送往营口码头的时候，他看着车上泪水涟涟的刘半脚，心都碎了。但军令不可违，他作为军人，只能服从命令。

后来他辗转得知，军统局的家属们先是去了天津，之后又到了济南。后来，就再也没有音信了。南京解放后，他又让尚品发电报追问夫人的下落，却再也没了下文。上峰只是含糊其词地告之，你们是对党国有贡献的，你们的夫人，我们定会妥善安置的。

马天成和尚品全然不信电报上的内容，他们太了解国民党了，大难临头时哪里还会顾上下属们的亲眷。此时的马天成坚信，自己的老婆刘半脚只有两条命运，一是落在共产党的手里，被镇压了；要么活着，也是流落街头。

一想到这些，马天成就抓心挠肝地难受。重新潜回沈阳城内的马天成只剩下一个念头，那就是活下来。只有活着，才有机会和希望见到刘半脚，见到自己的父母双亲。

进城不久，他就看到了医院招聘司机的广告。前去应聘时，他已经为自己想好了名字王宝山。从此，他就由马天成变成了王宝山，职业是医院开救护车的司机，人称王师傅。

王宝山虽然表面上风平浪静，在最初的日子里却生活得草木皆兵。沈阳这座城市和所有刚解放的城市一样，被解放军全面接管后，到处可见身着军装的身影。看到那些穿着军装的人，他的心里就莫名地紧张。要知道数月前，在战场上双方还是交战的对手，转眼之间，便一个天上、一个地下了。他对这些穿军装的解放军紧张的理由不仅仅是这些，还有一个重要原因是，济南解放后，军统局就给他们发来了一份通电：原军统局中校副官乔天朝是共党分子，济南沦陷前期逃离济南。当他和尚品看到这份通电时，汗就下来了，生活在他们身边的那个乔天朝竟然是共产党的人。这一消息对他们来说，不啻晴天霹雳，好端端的乔副官一转眼就成了共党，不用说，那个女人王晓凤自然也是共产党了！想着当时一幕幕真实的情景，两个人唏嘘不已。

同时，他们在电报中还得知，中将徐寅初为此严重失职，已被革去职务，交由军法处执行纪律。至于徐寅初是被判刑还是枪毙，他们不得而知，但也就是从那一刻起，他们对共产党刮目相看。

在军统局时，他们经常和地下党打交道，包括中统局的那些人。那会儿，他们经常听说某某是潜进内部的共产党，被抓住枪杀了；或者是某处的地下党组织被破获，抓获了共党的要人，但那是他们生活之外的事情。却不曾想到，被徐寅初如此赏识的乔副官居然也是共产党，而且潜伏了这么长时间。由此联想到，无怪乎自己的队伍经常打败仗，原来是有这么多的共党分子无孔不入。

此时的王宝山在大街上一看到穿军装的人，他就会下意识地想起乔副官和那个叫王晓凤的女人。

那天早晨，王宝山去医院上班的路上，就看见一个女军人朝自己看了几眼。他当时就吓得魂飞魄散，头都没有敢回，钻进了胡同。

到了医院，他的心还乱跳不已。他现在的家就住在过去军统局东北站对面的胡同里。之所以在这里租房子安家，原因是他对这里熟悉。每天上班、下班都会看到昔日军统局的那栋小楼，他的心里就莫名地感到温暖。这里毕竟是他工作过的地方，往事不经意间就会潜进脑海，慰藉着一颗孤寂的心。

记不得是哪一天，曾经是军统局的小楼开始进出着穿军装的人，门口还多了一块牌子，上面写着：沈阳市和平区公安局。他顿时意识到此处不可久留，在这些人的眼皮底下生活太危险了！于是，他很快搬了家。

表面上稳定下来的王宝山开始日思夜念着老婆刘半脚和年迈的父母。作为一个男人，混到现在这个样子，连自己的老婆都保护不了，还能算个男人吗？昔日的马天成、此时的王宝山一遍遍地问着自己。他孤独地躺在夜晚的床上，让自己的良心折磨着自己。如果不是因为自己，老婆刘半脚就不会来到沈阳；而不来沈阳，如今就不会在南京生死不明。想到因为自己，老婆正过着下落不明的生活，他的心就跟刀剜了一样难受。

马天成是个孝顺的人，娶刘半脚为妻完全是父母的想法。他少小离家，考入国民党在重庆的预科学校，后来在部队当了一年多的少尉排长，以后又考入陆军指挥学院。毕业后，被军统局的人选中了，从那时开始，他就一直干着军统的工作。

按理说，他那时年轻气盛，在军队内部或是繁华的都市里找个出众的女子做夫人，可以说是轻而易举的事。但他还是遵从了父母的意愿，娶了刘半脚。

刚开始，刘半脚来到沈阳后，曾遭到了沈丽娜等人的嘲笑。她们笑她的一双小脚和发髻，还笑她的那杆大烟袋。刘半脚有事没事地，都把烟袋别在腰上，烟荷包也吊在一旁，走起路来一晃一荡的。一口牙，因为长年累月烟熏火燎已是面目全非。不仅军统局的夫人们笑话她，就连站长徐寅初都看不过去了。就为这事，徐寅初特意把马天成叫到办公室谈了一次。

徐寅初感慨地说：马队长，你也太不容易了。

马天成一脸迷惑地望着徐寅初。

徐寅初怜惜地望着马天成道：你的亲事，是你自己同意的？

马天成明白了，点点头说：这也是父母大人的意思。

徐站长就叹了口气，沉默了一会儿，又道：马队长，你的军饷不够花吗？

马天成一时又不知如何作答了。

徐寅初就喜欢马天成憨厚的样子。他把执行队的任务交给他，也正是看中他的忠于职守，让他往东，他决不往西，从不讨价还价，忠心耿耿地执行自己的任务。正因为如此，徐寅初平时对马天成就多了几分关爱。见他一副不明就里的样子，就说：你要是军饷不够用，我可以在站里的经费中，找个名目补贴给你一些。

这话让马天成颇为感动，他立正站好，赶紧给徐寅初鞠了一躬：谢谢站长，我的军饷够用。

平时马天成的生活也很节俭，不赌不嫖，他的军饷大都攒下，寄给了父母。马天成的父母也是一对老实巴交的人，家里有十几亩地，算不上富有，却也够吃够喝。况且，还有儿子马天成不断地捎回些银两，日子也还不错。

过门后的刘半脚更是一个节俭的人。农家女子不讲吃、不讲穿的，家里多了她一个帮手后，农忙时连小工都少请了。

徐寅初见马天成这么说，便敞开天窗说亮话了：马队长，你讨个小吧。你养不起，咱们站给你养着。

马天成顿时脸红脖子粗了，他一时不知如何是好，憋了半晌答：站长，半脚这个人挺好的，我知足了。

徐寅初就真的不知该说什么了，他仰靠在椅子上，望着天棚说：天成呀，要是国军的军官都像你这样，还有什么仗打不赢呢？

正因为马天成让人放心，所以在国军兵败东北，从沈阳撤出时，马天成被留下了。当时的徐寅初不会想到败局已定，如果他知道国民党的天下会是这个样子，他无论如何也会把他信任的马天成带走。当然，这都是节外生枝的话了。

马天成想到刘半脚时，也就想到了父母。想归想，但还不敢贸然回老家，他知道老家此时也已是共产党的天下，左邻右舍也都知道他当的是国军，这时候出现，无异于自投罗网。想来想去，只有沈阳是可以让他安心的。一是他熟悉这里，二是这里没有人认识他，最重要的是，军统局任命他为沈阳地区 001 号人物。虽然没有明确官职，但一切也都在不言中了。这么想过了，他暗下决心：一定要在沈阳生活下去。一想到在这里长期生活下去，他就不能不想起刘半脚。这时，一个大胆的想法就冒了出来，他要去一趟南京，去找刘半脚。如果她还活着，就一定还在南京。

这么想过了，他便无法再踏实了，这个念头没日没夜地在心里蛊惑着。终于有一天，他向医院请假，去了南京。

在军统局的时候，马天成就在南京工作过，他对那里是熟悉的。眼前的总统府，一面红旗替代了曾经的青天白日旗，此时正猎猎招展。一切都换了人间，仿佛是一场梦，结束了。

军统局的位置他也是熟悉的，和总统府隔了两条街，是一栋青砖灰瓦的二层小楼。徐寅初当初曾答应过他：你们的家属就是军统局的家属，我们会好好照料的。如果徐寅初此言不虚，刘半脚最后的落脚点就是这昔日的军统局。

此时的军统局已是人去楼空，一幅残破的景象——门开着，窗子掉了，院子里杂草丛生。他的脚步声，无意间惊飞了一两只野鸟。他站在那里，看着眼前的满目疮痍，眼泪差点落了下来。

他正想离开这里时，忽然听到一个熟悉的声音抖抖地问道：天成，是你吗？

循声望去，他看见一位衣衫褴褛的妇人，颤抖着从一扇破窗的后面探出头来。定睛细看，他差点叫出了声，这正是他要找的刘半脚啊。

刘半脚也认出了他，哽着声音说：真是你啊，天成！老天爷啊，你真的睁开眼了。

抱住刘半脚时，马天成流泪了，他几乎认不出眼前的刘半脚了。在刘半脚断断续续的诉说中，他知道了国军从这里撤走时的情形——

刘半脚到了南京后，一直和尚品的夫人住在一起。最初东北站的夫人们都住在一起，日子过得还算开心，后来整个东北失守，她们便开始担起心来。最后又听说军统局东北站的人都撤出来了，正在天津待命。

没多久，这些家属们一个个都走了，说是去济南，东北站的人都调到济南去了。一个军统局的上校副官对刘半脚和尚品的夫人说，马天成和尚品另外执行任务去了，不在济南，具体何时接走她们，让他们等通知。

两个女人在此后的日子里，天天等、夜夜盼，没能等来她们的丈夫，却等来了国民党从南京的撤离。这时她们才明白，南京已经守不住了。

军统局的人是在一天夜里撤走的。刚开始她们也爬上了一辆军用卡车，想和那些家眷们一起撤走，却被人从车上拉了下来。告诉她们，飞机坐不下了，让她们等明天的飞机。第二天天亮时分，解放军就进城了。

人去楼空，她们不知道往哪里去，只能担惊受怕地躲在这座楼里。后来，尚品的夫人等不及了，要回江苏老家。刘半脚也想走，却不敢，她对这里人生地不熟的，出门走远一点，她都担心找不回来。另外一个原因是，她觉得自己的男人不会扔下她不管，她不能离开这里，万一马天成来找她呢？

白天，她就出去要饭；晚上就躲在楼里，唯一支撑她活下去的理由就是她相信马天成会来找她。

听了刘半脚的叙述，马天成涕泗滂沱。当他扶着刘半脚离开那座残楼时，心里发狠道：以后再也不离开刘半脚了，就是死，也要死在一起。

几经辗转，他带着刘半脚回到了沈阳。

“001”的日子

昔日的马天成、今日的王宝山，在沈阳和刘半脚又重新生活在了一起。他似乎踏实了，但又觉得不是那么踏实。

他在情报站接到了军统的指示，那是一张小纸条，纸条上说：要千方百计破坏共党的建设。

情报站设在一处废品收购站，收废品的老文长年累月地守着那些废品。老文的脸总是阴沉着，没有晴朗的时候，有事没事的他就坐在院子里摆弄他那些破铜烂铁。

马天成也说不清老文的来历，上级命令他到这里接头，他就隔三岔五地到这里转一转。有急事的时候，老文也会直接去找他。

从废品收购站里出来，马天成就把小纸条撕了。他明白，这份指令是从尚品的电台传过来的。

解放后的沈阳，可以说是一天一个样，人们情绪高涨，今天这个工厂恢复了生产，明天又一个新的机构成立了。一切都是崭新的样子。

“破坏?!”从何处下手，又怎么去破坏？这些问题只在马天成的脑子里一闪，便烟消云散了。他现在顾不上这些了，他只想安稳地和刘半脚过自己的日子。经过劫难的他再次与刘半脚重逢后，似乎才明白了什么是生活。

在老家和刘半脚成婚没几天，还没品咂出幸福的欢娱，就归队了。待刘半脚来沈阳后，他们才又一次相见，但当时的沈阳危在旦夕，军统局的人把所有的心思都放在了战事上，他对刘半脚也是少了万般体恤。直到他在南京重新把她找了回来，两个人才真正地生活在一起。

他在医院上班也是早出晚归，救护车不分昼夜地由两个人开，他不是上白班，就是上夜班。只要回到家里，他就哪儿也不去了，躲在出租房里，守着刘半脚。

刘半脚在王宝山面前里里外外地忙活着。收拾好屋里的一切，便坐在阳台上抽烟。她眯着眼睛，一边看着马天成，一边心虚地说：宝山，你说俺这心咋老是这么跳啊？

她现在已经改口叫他王宝山了。她说这话时，马天成正仰躺在床上想心事。他侧着身子，瞅着她说：跳啥？没啥可跳的，在这里谁也不认识咱，没事。

马天成并没有过多地向刘半脚做出解释，他觉得一个女人家，没有必要让她知道得太多。

她嫁给他的时候，也只是知道丈夫在国军里干事，当着军官，在为国家打仗，干着一件了不起的大事。可她没有料到，男人的部队先是从东北撤到了天津，然后又跑到了南京，最后队伍就跑没了。那时她就想明白了，这是打败仗了，她不可能不担心自己的男人。在南京等待丈夫的日子里，她把头磕得咚咚响，希望老天爷能听到、看到她的诚意，把丈夫送到她的面前。也许是自己的虔诚感动了上苍，马天成真的来接她了。从南京到沈阳的一路上，她才真正发现世道是变了！以前满眼都是国军，现在走在身边的却是解放军，她的一颗心就被吊起来，皱皱巴巴的，很不舒展。她看一眼身边的马天成，那个曾经穿着国军制服、很帅气的男人，此刻穿了一身便装，正普通得不能再普通地走在身旁。

男人在路上低声告诉她：我现在不叫马天成了，我叫王宝山。

她没去多问，也不想知道，男人告诉她什么，她记住就是了。

到了沈阳后，男人还告诉她：以后你少出门，也要少说话。

她记住了，除了上街买菜，几乎一步也不离开家门。干完家务，无聊时就蹲在阳台上抽她的烟袋，让或浓或淡的烟雾把自己笼了，再透过虚缈的烟雾，去望自己的男人。

只要男人在她身边，她的心就是踏实的。男人一离开她的视线时，她的一颗心就又被吊了起来，潜意识告诉她，这个世界变了，而且变得对男人很不利。以前穿制服的男人眼睛里有一种光，让她感到安全、可靠，现在男人眼里的光没有了，那里只剩下了阴郁，她看了，只觉得心里发凉。

男人每天回来都是满腹心事的样子，不是躺在床上发呆，就是坐在那里愣怔出神。这时候，她会静静地躲在一边。她知道，男人心里有很多事，有了心事，就让男人去想吧。她既帮不上忙又出不了力的，就蹲在阳台上，透过嘴里吐出的烟雾去望男人。

晚上睡觉前，她会端一盆热水，踉跄着一双小脚说：当家的，烫烫脚吧。说完，就把男人的脚按到水盆里，搓洗起来。

男人的眼里突然就有了泪，泪水跌到盆里。她惊愕地抬脸去看时，男人已经把头抬了起来。她想说什么，却说不出，一颗心又一次被吊了起来。

男人抽着鼻子说：半脚，咱们要是能一直这样该多好啊！

她一惊，苍白着脸望向男人：咱们不已经是这样了吗？

男人叹了口气，道：是啊。

男人说完，似乎还笑了笑。

也就是从那一晚开始，她吊起的心就再也没放下来过。她没见过世面，但她能听懂男人的话。以后，男人一出门，她就又开始了烧香、磕头，她相信老天爷能把男人给她送回来，就一定能保佑男人平安。

派出所的人是在一天傍晚敲开了她家的门。

两个男警员身上佩着枪，腋下夹了一个厚厚的本子。男人开门时，她一看见穿制服的人，就下意识地躲到了男人的身后。男人是她的天，男人是她的地，此时她清楚地看见男人愣然了一下，还听见男人小声地嘀咕了句：这么快！

男警员奇怪地看了他们一眼，然后说：我们是派出所的，打搅了。我们来给你们登记，以后要给你们办户口。

男人转瞬间表现出热情，又是拿凳子，又是递烟的。男人的热情也影响了她，她忙给派出所的人倒了水，还放了糖，热乎乎地摆上桌：大军，喝水。

男人白了她一眼，她赶紧退到一边。

接下来，派出所的人就打开厚厚的本子，询问起来。男人报了自己的姓名王宝山，在问到刘半脚的名字时，王宝山停了半晌，最后还是说：刘半脚。

记录的人想笑，又忍住了，最后又核实了一遍。

王宝山肯定地说：对，刘半脚。

派出所的人一一记下后，就笑着告辞了。她这时才发现那两杯糖水，人家根本就没动。她赶紧捧起一杯给男人。

以后在生人面前，你少说话。男人似乎很不高兴，白了她一眼，转身进了里屋。

男人的话，她这回彻底地记下了。

晚上，躺在床上的男人叹了口气，望着天棚说：这日子不知还能过多久？

她身子猛地一紧，侧过脸盯紧了男人。

现在是共产党的天下了——

她小声道：俺知道，国军都跑了。

男人翻过身，脸冲向她说：要是有一天，我被人抓走了，你就回老家，侍候咱爹娘。

她伸出手，抓住了男人冰冷的手，带着哭腔道：没人抓你，你现在不是国军了。

男人生气地把她的手甩开，低声说：就是当过国军也不行！记住，到时候你哪儿也别去，也别等我，就回老家，爹娘以后就靠你了。

可俺……俺怕找不到回家的路。她哽着声音说。

他伸出手，把她的手抓住了，那是一双粗糙的手，他的心顿时又软了一些：你坐火车走，就说去山东，火车会把你送回老家。

她哭了，眼泪一串串落下来，湿了枕头。

这是她到沈阳后，男人对她说得最多的一次话。

半晌，又是半晌，她忍不住说：你是好人，不会有人抓你的。说完，抱住了身边的男人。

男人没有动，她的手无意间触到了男人的脸，那里温湿一片。

以后，只要窗外有人经过，她就会掀开窗帘朝外面望。楼道里有脚步声，她也会把耳朵贴在门上听一会儿，直到脚步声一点点远去，她才手抚胸口，长吁一口气。她做这些时，男人就不错眼珠地盯着她。直到她的神情放松下来，男人也似乎长吁了一口气。

男人对她说：你以后不要看也不要听了，都一样。

男人这么说了，可她忍不住还是要去看、去听。男人上班时，她也会扒着窗户，一直看着男人的背影消失在她的视线里。傍晚，到了男人下班的时候，她会早早守在窗前，直到看见男人，她的心才渐渐平复下来。

此时，她所有的身心都放在了男人的身上。男人高兴，她就踏实；男人愁苦，她就感到憋闷。她在男人面前从不多话，男人说了，她就在一边听着。

这段日子，一直还算风平浪静，男人照常地上班、下班，看不出高兴、不高兴的。

一天，男人下班回来，吃完饭就拿出一张报纸来看。她不识字，不知道报纸上说了什么，就小心地陪在一边。

男人终于从报纸上抬起了头，她又看到了男人眼里曾经遗失了的光彩，那是男人应该有的目光，炯炯发亮，带着温度。她的心也跟着跳了几下，她问：咋了？

朝鲜要开战了。

她不知深浅地问：朝鲜打仗，跟咱有啥关系？

男人甩开手里的报纸：美国人能进攻朝鲜，也就能进攻中国。到那时，台湾的蒋委员长也会发兵，反攻大陆就指日可待了。

她听不懂男人的话，但她在男人的脸上读懂了男人深藏的野心。她一直以为，自己的男人是没有野心的，毕竟在沈阳生活的这段日子里，男人一直是循规蹈矩，生怕出现丁点儿是非和意外，可如今报纸上的话，竟引燃了男人的野心。

她的担心和惧怕是从脚底下升起来的，她怕冷似的打着哆嗦说：可别打仗了，咱们就这么过日子挺好。

男人推开她，沉闷地说了一句：女人哪，你们不懂。

听了男人的话，她立时就噤了声。

晚上男人就很兴奋，在床上辗转反侧，还不时打开灯，反复地看那张报纸。也就是那天，她又知道了一个国家的名字，叫朝鲜。

抗美援朝

刘克豪自从担任反特组组长以来，工作异常繁忙。在他的率领下，他们一举破获了两起特务案件，并起获了两部电台。这一切，是由于敌人的电台让特务们露了马脚，公安部门在通过监听敌台的电波后，顺藤摸瓜，成功破获了案子。

抓住敌特分子的刘克豪兴奋异常。在审讯了两个特务之后，他的兴奋劲儿马上就消失得无影无踪。原来这两个人根本就不认识马天成和尚品，他们之间也没有任何的联系，直到这时，刘克豪才意识到情况的复杂和严重。事实上，在沈阳还没有解放前，每一支部队都悄然做好了安插特务的准备，每个人的上线也各不相同，他们只对自己的“上家”负责，相互间也并不认识。

拔出萝卜带出泥的现象，并没有在这两个特务身上发生。马天成和尚品依旧是音信皆无。

自从王迎香在街上邂逅马天成，刘克豪就根据经验分析出马天成可能就住在附近。原因是现在的区公安局就是当年军统局东北站的办公地，这一带对马天成来说再熟悉不过了。人的潜意识里，总会选择自己最熟悉的地方活动。而另外一点，王迎香一清早就碰上马天成，这足以证明他就住在附近。基于上面的分析，刘克豪相信马天成就隐身在他的周围。他立即布置便衣在街上暗访，同时安排人以派出所登记户口为名挨家挨户上门排查，却了无收获。

此时的刘克豪还不知道，机警的马天成已经搬离了这里，他所有的努力都是徒劳。

正当刘克豪全力以赴抓特务的时候，抗美援朝战争爆发了。毛主席在北京大手一挥，以志愿军的名义兵发朝鲜。按理说，刘克豪转业了，和部队已经没有什么关系了，但妻子王迎香作为军卫生院的院长，自然也要随同医院开赴前线。但就在此时，军里却决定王迎香留在国内。原因是王迎香有了身孕，五个月的肚子，早已是显山露水了。上级让她留守也是合情合理的，总不能让她挺着肚子上前线吧。

那天，王迎香气鼓鼓地就回来了。她没有回家，而是径直来到公安局。

刘克豪正在召集反特组的人员开会，分析案情。王迎香一脚把门踢开了，屋里的人们不知发生了什么，一脸惊愕地看着她。

她气冲冲地冲刘克豪说：你跟我回家，我有话对你说。

刘克豪皱起了眉头：什么事这么急？没看我正开会吗，有事一会儿回去说。

王迎香转身走了出去，关门时又回头说了一句：你开你的会，我在外面等你。

等到开会的人陆续出来后，她看一眼刘克豪，抬腿便走。刘克豪跟在后面，一遍遍地问：怎么了，到底怎么了？

她气呼呼地在前面走，头也不回。

进了家门，她才说：我要去朝鲜。

刘克豪不解地看着她：你去就去，我没拖你后腿呀？

她指着肚子，气哼哼道：你让我挺着肚子怎么去？

刘克豪这才明白，王迎香如此大动肝火是因为肚子里的孩子。这个孩子原本也是无意中怀上的，怀也就怀了，居家过日子，生养孩子也是件正常的事。当时王迎香也没说什么，毕竟不打仗了，医院里的事也不太多，工作大多也就是对医护人员进行一些培训。王迎香也没觉得生个孩子能耽误多少事。没想到的是，她怀上孩子五个月之后，抗美援朝战争就爆发了，部队一拨又一拨地再次开拔了。

王迎香冲刘克豪发狠道：我要打掉孩子，去朝鲜参战。

刘克豪听了她的话，愣怔了好一会儿，他太了解王迎香了。从认识她那一天开始，他就知道王迎香是个敢作敢为的女人。但眼前的王迎香毕竟已有五个多月的身孕，这个时候打掉孩子显然很危险。他一时犹豫起来。

王迎香见刘克豪在犹豫，就发火了。她站起来，冲到刘克豪面前说：刘克豪，我发现你离开部队，你就变了，变得没有了觉悟。当年的你到哪里去了？

刘克豪不高兴了：这和觉悟不觉悟的没关系。你上前线觉悟就高，不去，就低了？组织的安排自然有组织的道理。

王迎香索性耍起了横，她一手叉腰，一手指着刘克豪：告诉你刘克豪，不管你同意还是不同意，这个孩子我一定做掉，前线我是去定了。

刘克豪也抬高了声音说：既然你不想听我的意见，那你还和我说什么？

晚上，两个人躺在一张床上，背对着背，很难受地躺了一夜。

第二天一早，天刚亮，王迎香就爬了起来。临出门时扔下一句：我今天就把他做掉。

说完，头也不回地走了。

刘克豪那天的情绪一直都很坏，他并不是有多么想要这个孩子，完全是因为王迎香毫不讲理的态度。

晚上直到天黑透了，他才回到家。打开灯，才看见王迎香头发散乱地在床上坐着呢。他下意识地去看她的肚子，发现并无异常。原来，她扬言要做掉孩子的风声传到了军长的耳朵里。军长一个电话打到医院，指示医院的政委不允许王迎香做掉肚子里的孩子。军长发话了，就再也没有人敢给她做这个手术了。

她去找军长，见了军长劈头就说：军长，你管得也太宽了吧？肚子里的孩子是我的，要不要是我的事，凭什么你管我的肚子？

军长没生气，反倒笑了，还亲自给她倒了杯水，递到她面前：你肚子里的孩子我是管不着，可你是我的部下，我管你总行吧？这个手术你不能做。生孩子也是革命工作，你知道你肚子里的孩子是什么吗？二十年后他就是一个战士，他要为国家冲锋陷阵，流血牺牲。王迎香同志，你没有权力扼杀一个未来的战士吧？

军长毕竟是军长，军长的话让王迎香哑口无言，但她仍然坚持说：不让我打掉孩子也行，但我要去朝鲜前线！

前线你不能去。部队走了，总得有人留守吧，留守工作也是工作，懂了吗？军长语重心长地做着说服工作。

王迎香怎么会不懂，她只是想不开。军长这关过不去，她就无法上前线。当初让她转业时，是军长把她留下了，这一次军长不再给她开绿灯了。她只能把火气撒到丈夫刘克豪的身上。

我要早知道这样，我就不结婚了。她赌气地喊起来。

刘克豪没听出她话里的潜台词，冷不丁地听她冒出这么一句话，顺口说道：当初结婚，我可没有逼你啊！

你们男人都不是好东西，把种留下了，自己拍拍屁股就没事了。王迎香说着，把一个枕头摔了过来。

他这才明白，王迎香还是在跟自己的肚子生气。看来，她想做掉孩子的计划是彻底落空了。想到这儿，他弯腰捡起地上的枕头，坐到床边安慰道：这次去不成，不等于下次去不了，这战争又不是一两天能结束的事。等生完孩子你再去。

事已至此，王迎香还能说什么呢？

部队是在一天夜里开拔的。她挺着肚子在夜色中为战友们送行。战友们在车上向她挥着手，她的心里一下子就空了，眼泪哗哗地流了出来。

车队远去了，战友远去了，热闹的军营一下子就冷清了下来。她望着空荡荡的院子，心里无着无落的，这里摸摸，那里看看，忽然就觉得自己是个闲人了。

她第一次感受到女人与男人是不同的，当女人就会受到很多拖累。男人好啊，想干什么，甩甩手就走了。

因为她的闲，她一看见忙碌的刘克豪就气不打一处来，每天总是找碴儿和他吵上两句，似乎只有这样，才能平复内心的烦躁。

此时的刘克豪并不和她一般见识，每次都一脸正经地劝她：你最好别生气，你生气，对肚子里的孩子不好。

她一副蛮不讲理的样子，甚至拍拍肚子说：我不管他好不好，他又不是我一个人的。

孩子可是长在你的肚子里，他又没长在我的身上。毫无办法的刘克豪只能这么说了。

不知为什么，以前沾枕头就能睡着的王迎香，却开始失眠了。她在失眠中竟然感受到了轻微的胎动，不经意间，又一阵胎动袭来，她甚至看到肚皮上鼓起了核桃大的包，忽地游到左边，忽地又荡到右边。她轻轻地去触摸时，那里动得更欢了，拳打脚踢的，一下子竟把她的眼泪踢了下来。她手抚着隆起的肚子，呜咽起来。

睡在一旁的刘克豪醒了，他迷迷糊糊地看着她。她把他的手拉过来，放到自己的肚子上，哽着声音说：你摸摸，他在动呢。

刘克豪果然感受到孩子的悸动，突然间，心里就多了份感动。他把王迎香拥在怀里，幸福地自语：我就要当爸爸了。

她靠在他的怀里，忽然就想到了开赴前线的战友们。她再也躺不住了，从床上爬起来，推开窗户，望着夜色说：他们过江了吧？

刘克豪自然知道她话里的意思，别说王迎香关注着援朝志愿军，就是每一个中国人也都在关注着朝鲜战局。

因为朝鲜战争的爆发，潜伏的特务便异常地活跃，每天监听时都能发现敌人电台的电波。这些敌特似乎也变得聪明了，发报时间毫无规律可循，且频繁地变换地点，这就给破获工作带来了很大的难度。

活跃的电波固然让刘克豪感到焦心，更重要的是，到现在仍然没有发现马天成和尚品的蛛丝马迹，这才是他最大的心病。

他知道马天成和尚品才是他真正的强劲对手。他经常站在办公室的窗前，长久地凝望着沈阳城的一角。他知道在那些忙碌的人群中，藏匿其中的敌特分子，正在伺机而动。

军统特务 002

尚品此时已改名叫刘一品了，是沈阳一家药材公司的账房先生。每日里坐在药房大堂的一角，桌子上摞着厚厚的账簿。他很斯文地坐在那里，鼻子上还多了一副眼镜，脸比以前苍白了一些。没事的时候，他就托着腮，透过大堂的窗口，望着街景。另一只手有意无意地拨弄着算盘珠子，珠子在他的拨弄下，发出清脆的响声，给空寂的大堂带来些许的生气。

从帽儿山逃回沈阳之后，他接到上级的指示，便和马天成分开了。他现在只能通过中间的情报站和马天成单线联系。马天成现在身在何地，过着什么样的日子，他并不清楚。这种单线联系有利于他们的安全，多年的军统生活，让他们训练出了高度的警惕性，以至于某一天，不管他们谁落网了，都不会牵涉到对方的安危。

起初隐藏的日子平淡无奇，只是一种无奈的坚守。日子久了，就生出了一份怠惰。三天两头地，在夜深人静时发一份联络的电报，对方则有时回，有时不回。和他联系的是重庆军统方面的人，想必那里也有人深深地隐匿下来，在特定的时间内和他保持着单线联络，至于重庆那边的人和谁联系，他不得而知。时间是早就约定好的——每周的一、三、五，夜半两点，是他和重庆联络的时间。

刚开始联系的内容千篇一律，并无什么新鲜内容，大意无非是尽量保护好自己。后来，重庆方面又来电说，让他们发展自己的人。

尚品觉得这是一件很困难的事情，他不知道如何去发展自己的人。周围的人，他看谁也不放心，也不踏实。于是，他一直没有开始行动。

偶然的一天，他路过中街，一个女人的身影引起了他的注意。那是一个长发、看起来还算年轻的女人。这张面孔他见过，应该说还算熟悉。那女人正在一家商店的橱窗前选鞋子，她蹲在地上试鞋时，他刚好走过那里。看到那张女人的脸，他的心一顿，又一惊，原本已经走过去了，他又折了回来。这个女人让他的心脏狂跳起来，难道真的是她?!

他隐在一棵树的后面，想证实自己的眼睛。果然，没多久，女人提着鞋盒从他身边走了过去。是她，没错，就是她！

眼前的女人与他是打过交道的，她是国军驻沈阳司令部的机要参谋林静。他作为军统局东北站的机要室主任，和司令部的机要部门很多人都打过交道。林静在他的印象里是个妖娆的女人，有事没事都爱哼段黄梅戏。后来他才知道她是安徽人，安徽出美女，林静自然也不例外。他还听说当时打林静主意的人很多，特别是守备区的参谋长王奎山更是和林静交往密切。王奎山是少将参谋长，长得一表人才，也是安徽人，但人们都知道王奎山在南京是有家室的。但这也并没有影响少将王奎山和林静的交往。在沈阳守备区组织的舞会或晚宴上，军统局的人经常可以看到王奎山和林静出双入对的身影。跳舞的时候，两个人也是互为舞伴，中途决不换人，只有一次例外，那就是军统局的家属们来到沈阳后，守备区司令部为这些家属接风的晚宴上，林静并没有出面。晚宴后的舞会上，她来了，陪王奎山跳了两曲后，徐寅初的夫人沈丽娜款款走到王奎山面前。沈丽娜和王奎山跳舞时，徐寅初就邀请了林静。林静在起舞旋转时，仍透过徐寅初的肩头幽幽地望着王奎山。这一幕，被一边的尚品看在了眼里。

尚品做梦也没有想到在这里会碰上林静，她怎么没有随王奎山走，却留在了这里，他不得而知。他一路尾随着林静走进一条巷子，他原以为自己的跟踪很隐蔽，何况自己的装束也有了很大改变，即使站在林静面前，她也未必能认出来。

林静先是旁若无人地走着，突然，她停了下来，而且几乎同时回过了身子，狠狠地盯了他一眼。这一眼，让他猛一哆嗦，他下意识叫了声：林静。

让他没有想到的是，林静冷冷地说：这位先生，你认错人了。

说完，转过身，头也不回地往前走去。

他怔怔地站在那里，不知是进还是退。半晌，他终于反应过来，向前追去。巷子里早就没有了林静的身影。

他回到家后，回想着刚才发生的一切，他的冷汗冒了出来。他判断，那个女人就是林静，在他叫出“林静”的一刹那，他在她的目光中捕捉到，林静也认出了他。对于林静，他一点底细也不知道。既然林静认出他来了，无形中他也就多了一份危险。这么想过后，一股冷气“嗖嗖”地从脑后冒了出来。

开弓没有回头箭。既然知道林静的存在，下一步他就有必要摸清她的底细，否则，他更觉得那把利剑悬在了头上。

毕竟在军统局干了那么多年，要搞清一个人的底细他还是有把握的。经过几天的跟踪，他弄清楚了，林静就住在离中街不远的一条巷子里，那是一座二层小楼。他不仅发现了她的住处，还知道住在那里的就只有林静自己。

于是，在一天夜里，他开始行动了。

他把一枚锋利的匕首揣在怀里，趁林静没有回家之时，便潜进了小楼。

他大摇大摆地坐在二楼的沙发上，一直听着林静上楼的脚步声。门被打开了，他没有动，只是把手放在了匕首上。

林静打开灯时，看见了端坐在沙发上的尚品。她倒吸一口冷气，手下意识地捂在了胸前。

他站了起来，寒光闪闪的匕首在灯下一晃。

林静本能地向后缩了一下身子，喃喃道：你要干什么？

他笑了一下，匕首就抵在了她的脖子上，他咬着牙说：林静，我没有认错你。

林静抖抖地说：尚主任，我没有得罪你，有话好说。

他把她拉到沙发上坐下来，收起抵在她脖子上的匕首：原来你还认识我。说，你为什么没跟王奎山走？

她的眼圈突然就红了，无助地望着他：他们逃命都来不及，哪还顾得上我这样的小人物。

他开始相信她的话是真的了。军统局东北站那些人走时，不也是把他和马天成留下了吗？看来林静的命运也不比自己好到哪里去。一时间，他看着眼前的林静，竟有了同病相怜的一丝同情。

停了一会儿，他忽然问道：你现在的任务是什么？

林静茫然地瞪起了眼睛：任务？什么任务？我听不懂你在说什么？

这么说，现在还没有人跟你联系？

她吁了口长气：天哪，我现在只想活命，从被国军遗弃在沈阳的那天开始，我就是一个人了。

她的眼泪终于流了下来。

看来，她真是一只断了线的风筝。想到这儿，尚品有些兴奋，又有些失落。正在唏嘘不已时，他忽然想到林静既然不是同道中人，那就把她发展过来，目前看来，她也是最合适的人选。看着眼前这个年轻漂亮的女人，如今没人管、没人问地被遗弃在沈阳，说不定有朝一日，她会有可能走向自己。他为此兴奋着。

此时，他已经收起了匕首。他在她面前又找到了当军统时的那份优越感。他背着手，在她面前走了一圈，又走了一圈，然后拿腔拿调地说：林参谋，今天你就算找到组织了。我现在仍然是国军的人，留在沈阳是在执行任务。从现在开始，你将听我的指挥，我会交代给你任务。

林静听了，浑身猛地哆嗦了一下：尚主任，你放过我吧，我不想再为国军干了。现在是共产党的天下，我怕啊！

什么？尚品咬着牙帮骨，又把匕首抵在了她的脖子上，压低声音道：告诉你，干，也得干；不干，也得干。咱们是一条绳上的蚂蚱，既然我找到你了，你就别想跑。

求你了，尚主任。她连声哀求着。

他冷笑了两声：我现在不姓尚了，姓刘，叫我刘一品，记住了。

此时的林静也不叫林静了，她把名字改成了李静。她怕别人认出原来那个林静，一直处在担惊受怕中。前几天，她不停地在找工作，有了工作也就有了生活来源，生活也就有了保障，她甚至还想着有朝一日能回到安徽。那里有她的父母兄弟，但此时她却哪里也不敢去，只有在陌生的沈阳城里面，才感到踏实一些。家乡的人都知道她在国军那里效力，回去只能是自投罗网，现在的她只能在异乡忍受着寂寞的煎熬。没想到，偌大的沈阳城里竟让她遇到了尚品，这让她惊恐万分。时代变了，她只能换一张面孔，隐姓埋名地生活下去，可就是这样的日子也被尚品的出现，打乱了。

昔日的林静、现在的李静终于在毛纺厂上班了。印花车间大都是女人，日本人在时这个毛纺厂就存在了，后来日本人投降，国民党接管了沈阳，毛纺厂曾停业了一段时间，后来又开工了。解放军进入沈阳前夕，因为战乱，厂子也歇了一段日子。现在又一次正常开工了。因为停工、开工，就有许多人流失，来的来，去的去，李静就是在这个交替的当口进了毛纺厂。她选择到这里上班，完全是因为这里是女人的天下，她在里面会有一种踏实感。

以前在守备区司令部当机要参谋时，就那么几个女军人，周围更多的还是男人。他们的经历和职务自然比几个女人要高，便时常有男军官骚扰她们，无论在哪里，她们从来没有过安全感。不少女军人为此匆忙地把自己嫁了，或者给自己找个靠山，不管对方是否有家室，只为给自己寻一份安全。因此，在国民党的队伍中，便有了一种奇怪的现象，女人似乎只是一种点缀，仅此而已。

她就是在这样一种环境下，选择了少将参谋长王奎山。当然，王奎山也毫无例外是有妻室的人，他的妻子是一个资本家的小姐，为王奎山生养了一对儿女。因为战事，王奎山不得不抛妻弃子，远离家庭。兵荒马乱中的男人也需要情感的慰藉，于是王奎山顺理成章地接纳了她。果然，自从有了王奎山这个靠山，她就安全多了，平日里那些对她想入非非的下级军官，再见到她时便不敢造次，往日的轻佻，此时变成了尊重，甚至是一种奉迎。

先是身体依附在男人的身上，渐渐地，心也归顺了。情爱从来都是自私的。她在私下里曾求过王奎山，让他娶了自己。王奎山每次都心猿意马地说：不急，等打完这一仗，太平了，自然会娶你的。

最终，她没等来太平盛世，却等来了国民党的大败。一夜之间，驻守在沈阳的守军，战死的战死，投降的投降，剩下的军官们或乘船、或搭飞机，逃得一干二净。

队伍撤离沈阳时，她是有机会逃走的。刚开始，她也想走，但她一直撇不下王奎山，后来才发现沈阳失守前，王奎山竟带着两个卫兵，匆匆地从司令部的后门溜了。此前，她一直奢望着能与王奎山一同离开这里，但这时她的心冷了。正当王奎山的车在后院发动的一瞬间，她疯了似的跑出去，拦在车的前面。车灯雪亮地照在她的身上。

车上一个卫兵跳下来，恶狠狠地把她拽到了一边。王奎山在车上看着她说：还有车，你坐别的车吧。

话一说完，车便载着王奎山没头苍蝇似的蹿了出去。

她欲哭无泪地站在黑暗中。此时的她终于明白，自己在王奎山的眼里还不如他的一个卫兵重要。昔日的情缘早已灰飞烟灭了。

虚幻的爱情破灭了，她还有什么可以依恋的呢？沈阳周围的枪声已隐约耳闻，整个司令部早就乱成一锅粥了，人们喊叫着，奔跑着，抓住就近发动的汽车，爬上去，纷纷逃命了。此时的她忽然就不想走了，可不走，又能怎样呢？在别人慌乱逃跑时，她回到了自己的宿舍，把身上的制服脱了，换上便装。在脱去制服时，她的手碰到了腰间的枪。她把它拿在手里，掂了掂，又看了看，随手又扔到了床下。她再也不需要它了，然后她平静地走出了司令部的大门，流落到即将陷落的沈阳城。

她现在住的房子，是她用一枚钻石戒指和十五块大洋买来的。这些是她从军以来的全部积蓄。她哪儿也不想走了，只想平静地生活下去。

刚刚解放的沈阳城，天天都有工厂在开工，她最终选择了一家毛纺厂。在尚品没有出现前，她的日子过得还算踏实。她从报纸上和女工的嘴里知道，南京也沦陷了，就连海南岛国民党也没有守住。最后，只能逃到台湾了。她庆幸自己没有随着那些人逃走，即便逃离了沈阳，最后也是逃过了初一，逃不过十五。在沈阳解放后的近两年时间里，她已经从二十六岁变成了二十八岁。随着年龄的增长，少女时期的那份幻想也越来越弱了。此时的她渐渐地淡忘了许多往事，看到身边的女孩子们一个个幸福地嫁了，过着舒心、美好的日子，她开始真心地羡慕她们，心想：自己有朝一日，也要成为新娘，嫁给自己喜爱的男人。

事实上，憧憬归憧憬，尽管她表面上很平静，但因为自己曾经的身份，她的内心却并没有真正地踏实过。一想到自己过往的经历，她就感到后怕，怕哪一天被人识破，拉出去正法。所以，虽然一直有好心的女工给她介绍对象，但她始终都没有去见。她想再等一等，想让自己的心真正地踏实下来。

没想到的是，就在她的心渐渐平复的时候，尚品幽灵似的出现了。她所有美好的愿望又一次被粉碎了。

从那以后，尚品鬼魂缠身般地不知何时就会出现在她的身边。有时候，她刚迈进家门，他就从门缝边挤了进来，然后大摇大摆地往沙发上一坐。

她隐忍着，此刻的她不敢张扬，更不敢暴露自己的身份。她只能面色苍白地看着他，颤抖着声音说：你到底想干什么？

他笑一笑，不紧不慢道：我不是说过了嘛，现在咱们是坐在一条船上。没别的意思，我就是想让你跟我一起干。你做过机要参谋，收发电报你不陌生，我想在你这建个点儿，以后收发电报的任务由你来负责。

她哆嗦着身体说：那东西我都两年没碰了，早就忘了。

他又是笑一笑：看来你是不想干了。等哪天国军回来，你就不怕找你算账？

这时，她忽然轻蔑地笑了，她压根儿就不相信国军还有回来的那一天。听了他的话，她的心里反倒踏实了一些，便说：那我就等着。

尚品见自己的话没有威慑住她，立刻变得穷凶极恶起来。他上前拦腰把她抱住了，她拼命地挣扎起来。

看着她徒劳的挣扎，他恶声恶气道：你不就是王奎山的小妾嘛，现在让人玩够了，甩了，你还以为你有多干净?!

她听了，忽然就失去了一切力量。她用手捂住脸，只想哭、想叫，女人原本有的自持和清高，瞬间土崩瓦解了。她在心里一遍遍地诅咒着：我是个下贱女人，没人要的女人。

接下来，她只能被动地承受了。

尚品满意地拥着她，安抚道：宝贝儿，你跟了我，我是不会把你丢下的。

他的话，让她感到一阵恶心。

接着，他又拍拍她的脸蛋，得意地说：现在咱们做的事，国军都会记上一笔的，等国军杀回来的那一天，咱们就是有功之臣，到时候弄个少将、中将的，还不是天天吃香的，喝辣的。

自从尚品与她有了这层关系后，他理所当然地把她当成了自己的人。

一天夜里，他把发报机搬了过来，同时给她下达了收发电报的任务，然后不管她愿意不愿意，把自己脱了，理直气壮地上了她的床：宝贝儿，你以后就是我的助手了，你所做的一切，我会替你记着的。

此刻，她内心抗拒着，身体却不得不依从了眼前的现实。

以前，国民党只是派出飞机在东南沿海一带侦察，或小范围地轰炸，偶尔，也会向大陆空投一些有来无回的特务。抗美援朝战争爆发后，潜伏在全国的国民党特务开始蠢蠢欲动起来，他们似乎看到了光复大陆的希望。此时的尚品犹如打了一针兴奋剂，他开始频繁地出入于李静的家。他的出现大多是在晚上，这时李静已经回到家，做好饭菜。他从药材公司下班后，一路兴奋异常地回到李静的家，有时怀里还揣了一瓶酒。

喝了酒的尚品，脸就变成了猪肝色，话也多了起来。他兴奋地盯着李静：你知道沈阳城有多少我们的人吗？

李静愣愣地望着他。

他伸出一只手，张开五个指头。

李静就猜：五十？

他哈哈大笑道：鬼呀，告诉你，五百——

然后，他看也不看李静，得意地摇头晃脑起来。

在李静的眼里，这五百人又算得了什么？在沈阳解放前夕，仅沈阳城里和城外就有十五万人之多，最后不也没能守住沈阳？她一直不相信，台湾的国民党能成功地杀回大陆。如果真有这个能力，当初也不会跑到台湾去了。

尚品自顾自地兴奋着。他又喝了一口酒，拍了一下桌子道：你知道美国人为啥要打朝鲜吗？把朝鲜拿下，整个朝鲜就是咱们的天下了。蒋委员长到时候会派兵，从朝鲜打过来，整个东北，不，整个中国，那还不是咱们的天下？

他越说越激动，昔日的尚品、此时的刘一品竟忘乎所以了。

这时，他从兜里掏出一张纸，拍在她的面前：这是最新情报，晚上发给重庆。

她看到那是一串列车的数字，每节列车的车厢号标得很清楚。甚至从货车的数量上，竟估算出了大炮的门数和炮弹的吨位。

连续几天，尚品都去火车站的货场蹲守，有时一蹲就是一夜。这些列车都是即将开往朝鲜前线的，身为军统出身的尚品，轻易就估算出了火车的运兵量和武器装备的数量。

尚品喝完酒后，看了看表，时间尚早。他血红着眼睛盯向李静。她清楚地知道他要做什么，从最初的屈辱、厌恶到麻木，无助的她只能将泪水吞到肚子里。

借着酒劲儿，他把她抱到了床上，一边急不可耐地除去自己的衣服，一边嘀咕着：老子出生入死地给国军卖命，你也该好好地犒劳犒劳老子。

说完，没头没脸地扑了上去。

等一切平息下来，他又一骨碌爬起来，穿好衣服，临走时也没忘交代她：两点准时向重庆发报，不得延误！

然后，借着夜色的掩护，一头钻进黑暗中。

只有在他离开这里后，她才能长吁一口气，然后在第一时间里，把自己里里外外地洗了，才觉得内心清爽了许多。说实话，她不想听凭他的摆布，只想过一种普通人的生活，他似乎也看出了她的心思，有一次竟恶毒地盯着她说：你不想干，是不是？别忘了你是国军的机要参谋，以前是，现在还是！要是让共产党知道了，没有你好果子吃。

他见她害怕了，又假惺惺安慰道：你现在跟着我，有朝一日，等国军打回来，我保你当个上校科长。到那时，老子最小也能弄个少将。你不用怕，到时候你就跟着我，保准没人敢欺负你。要是你想嫁人，你就嫁；不然，你就给我做小。

他的话，顿时似一股寒气笼罩了她。她看不出，国民党何时有反攻大陆的迹象，她是个女人，不懂得战争，她只是做着尚品交给她的工作，这份工作对她来说，与别的工作并无两样。现在的她只是凭着女人的直觉在生存。当年的国军遍地都是，她想不通装备精良的国军，如何就会败得这么惨？

她对国军几乎是彻底失望了，尽管尚品一再地给她打着气，她的心仍死水一潭，荡不起一点波澜。

自从王奎山恩断义绝地走了，她的一颗心就死了，女人和男人不同，女人是为情而生的，她曾无怨无悔地爱过王奎山，甚至把女人最美好的一切都给了他，而她又得到了什么？王奎山临走前绝情的一幕，让她彻底地失望了。如今国军是否能胜利反攻大陆，又与她有何关系？就是王奎山能活着回来，又能怎样？她现在内心里充满了恐惧，生怕被人知道过去的身份，毕竟给国民党干过事。

当时钟在子夜两点准时敲响的时候，她还是下意识地从床上爬起来，打开昏暗的台灯，在发报机上敲出一组联络密码。然而，在这静谧的夜里，此时发报机发出的每一声脆响，都如同响在头顶的炸雷，令她感到前所未有的恐怖。一个声音在她耳边不停地喊着：你是特务，是国民党的特务！

在毛纺织厂上班时，女工们一边吃着自带的午饭，一边闲聊着，形形色色的消息，也就是在这一时刻交流、发布的。一个女工端着饭盒，嘴里一边嚼着，一边说：昨天晚上吓死我了，公安局的人又抓了两个特务，就在我家对面的楼里。那两个特务一男一女，听说还是夫妻。抓他们的时候，两个人正躲在家里给台湾发报呢。

旁边就有女工发狠地说：这些狗特务，抓住就该杀了他们。

其他人也你一嘴、我一嘴地附和：破坏新中国，杀了他们都不解气。

还有人说：看到了吗？政府都贴出布告了，说是特务如果自首，政府会从轻处理。只要不是罪大恶极的，不仅不枪毙，还给他们自新的机会。

这个女工的话说完还没有两天，毛纺厂果真就贴出了布告，内容差不多也是一样的意思。那上面不仅说到了特务，还说即便以前给国民党干过事的，只要站出来坦白，就能从轻发落。如果想回原籍的，政府还可以出面与当地政府联系，帮助其解决各种困难。

她站在那张布告下，一连看了两遍，直到同车间的女工捅捅她：别看了，你又不是特务。

她听了这话，心里哆嗦了一下，苍白着脸冲女工笑一笑，然后勾着头，随在同伴的身后，走了。

布告在沈阳发布不久，果然就有一些国民党的士兵和一些下级军官站了出来，以至于那段时间的报纸和电台，一直都在宣传着政府的这一政策。那些站出来的军官或士兵，果然都有了很好的去处。

她似乎在黑暗中看到了一线曙光。那段时间里，她不知为什么总是走神，看着一个地方就发起呆来。同伴们就说：李静，你怎么了，怎么又发起呆了？

她一惊，顿时清醒过来。

一天，尚品似乎看出了她的心思，便阴沉着脸说：你是不是也想去自首啊？

她吃惊地望着他。

别忘了，你现在是特务！大陆的情报可都是通过你的手，传到了台湾。共产党要是知道了，他们会饶了你吗？做梦吧。

她的心里又是一阵哆嗦。以后，每当她再发电报时，就感到内心的罪恶又深了一层。一串串电波犹如晴天霹雳，一遍遍地在头顶上炸响。如果不是尚品把她拖到现在的地步，她肯定会站出来，向政府坦白自己。说不定，现在的她已经回到安徽，和亲人团聚了。这么一想，她便开始恨这个恶魔一样的男人。可奇怪的是，她心里明明是憎恶着他，可是一见到他，她又无法抗拒。就这样，他不仅一次次地占有着她，还拖着她去做特务的差事。她只能在他离开后，心里一遍遍地想：我一定要杀了你！

当时钟在午夜敲响两下的时候，她还是一个激灵地爬起来，打开发报机，准时接收着来自重庆的指示，或把尚品的情报发出去。这时的她就感到异常的悲哀。

就在她被胁迫着、心惊胆战地做着特务的时候，她不知道，危险正在悄悄地向她走近。一次，尚品走后不久，她又一次准时发报的时候，她听到了汽车声。接着，就听到一阵杂乱的脚步声。她还没有反应过来是怎么一回事时，门被重重地敲响了。

落　　网

刘克豪的反特组通过电波已经跟踪李静很久了，直到最终锁定在她居住的小楼后，才派人秘密盯梢。也就在此时，他们不仅发现了尚品的行踪，同时也发现了李静。

公安局反特组的人，几乎同时对两个人下手了。一部分人去车站抓捕尚品，一部分人控制了李静。当公安局的人闯进她的房子时，她似乎并没有感到吃惊，就那么坐在那里。发报机还在开着，她似乎等待这一刻，已经等了许久。她甚至在心里说：你们终于来了。她知道，此时的自己算是真的解脱了。

她缓缓地站了起来，伸出胳膊，让冰冷的手铐把自己手铐住了。

李静，你被捕了。

看着屋子里的公安，她竟纠正道：对不起，我是林静，李静是我的化名。

说完，就有两行泪水，顺着她的脸颊流了下来。

抓捕尚品的小组也出奇地顺利。他当时正趴在一个煤堆后面，仔细地数着过往的列车，并不停地往本子上记录着。

几把雪亮的手电，同时照在他的身上。他惊怔在那儿，他不敢相信自己这么快就露馅了。他先是举起了自己的双手，然后慢慢地把一只手插到胸前的口袋里。就在他还没有来得及有进一步的动作时，他怀里的枪就被缴了。

尚品彻底地傻眼了。

审讯尚品的工作是刘克豪亲自完成的。

当尚品被押进来的时候，似乎还没有完全适应这里的光线。他眯着眼睛，半天才看清屋里的一切，确切地说是他认出了刘克豪。他下意识地要从座位上站起来时，被人按住了。他喃喃道：乔、乔天朝——

刘克豪笑了一下：尚品，久违了。

尚品的头一点点地垂了下去。

良久，他又抬起头，翻着眼睛望着刘克豪：乔天朝，算你厉害，竟把军统局的人都给耍了。

刘克豪正色道：错了，我叫刘克豪。你们没有识破我，不是你们笨，也不是我聪明，这完全是天意，就像你今天的落网。

尚品摆出一副鱼死网破的样子：三十年河东，三十年河西，鹿死谁手，还不一定呢。

刘克豪站了起来，走到尚品身边，把一张报纸递到他面前，指着上面的文章说：尚品，你看好了，朝鲜战场上，我们的志愿军已经取得了第一阶段的胜利，美国和它的盟军已经后撤了一百公里，想让美国人帮你们反攻大陆，收复失地。我告诉你，那只是一个梦。

尚品只用眼睛瞥了一下报纸，便不再说话了。忽然，他绝望地闭上了眼睛。

接下来，就是长时间的沉默。

刘克豪点了一支烟，让手里的烟慢慢地燃着。他知道这是一场心理的较量，因为他太了解尚品这些干过军统的人了，不见棺材不落泪，不到最后一刻，决不认输。

刘克豪终于开口说话了：尚品，国民党的部队你最了解，几百万人的队伍都跑得没影了，就凭你们几个潜伏下来的特务，能挽回局面吗？

尚品闭着眼睛，毫无底气地说：你在军统待过，你知道军统的规矩——不成功，便成仁。别说废话了，把我拉出去毙了吧。

说，马天成在哪里？刘克豪陡然提高了声音。

尚品这回完全睁开了眼睛，有些得意地说：你们找不到他的，我也找不到，他可是只老狐狸。你刚到东北站时，我们俩就怀疑过你，要不是徐寅初那个老糊涂护着你，我们一定会设法抓住你的把柄，否则，你怎么会有今天？

刘克豪又一次站了起来，让人点了一支烟，递给尚品。他搬了个椅子坐在尚品对面，平心静气地说：看来尚主任是有些不服啊！你真的不知道马天成在哪里？咱们可是老朋友，你不要骗我啊。

尚品也笑了：我不骗你。你骗了我们那么多年，要说骗子，你才是真正的骗子。从帽儿山回到沈阳后，我们就分开了，一直是单线联系，从不见面。你在军统也算是干过，我们还没傻到把两个人拴在一起的程度。就算我相信他，他也未必相信我，他比我想活命，早把自己深藏起来了。你们想找到他，估计还得费一番力气。

刘克豪知道，尚品并没有骗他，树倒猢狲散，想活命，唯有将自己深入地隐匿起来。

他又问：那你们是怎么联系的？

尚品闭上眼睛，慢悠悠地说下去：大东食杂店的老潘头，不过你找到他也没用。每次我都是雇人把一件东西送到那里寄存，然后他再雇人去取，我们不会碰头的。老潘头也不知道那是情报。

审讯完尚品，刘克豪便带人找到了尚品说的那家大东食杂店。那里果然有个老潘头，看样子已经七老八十的年纪，老眼昏花。老人无儿无女，就靠这食杂店维持生计。问什么都是一问三不知，只知道有人在这里寄存过东西，然后又有人过来取走。别的什么也不知道了。

看来抓捕马天成的线索又断了。不过刘克豪并没有失望，尚品被抓后，至少马天成的上线断了，他不再会有什么大作为了，既得不到上级的指示，也无法将情报传递出去，除非台湾专门派人来和他单线联系。看来这种可能性也不大，捕获了军统留在沈阳的电台，就等于割掉了沈阳地面上的喉舌。从最近破获的几起特务案件上来看，这些特务组织间都没有横向联系，只是靠着单线联系。尽管打掉一股，尚不会涉及另外的一伙，但这一股的活动范围和势力也就此彻底失去了生命。

国民党的残余势力，决不会为了一个情报网络遭到破坏，而在不知内情的情况下轻易地自投罗网。看来，马天成已经是瓮中之鳖，抓获他，只是早晚的事情。

王迎香转业

王迎香在留守的日子里，生下了第一个孩子。

当刘克豪出现在她床前时，她看一眼身边的儿子，又看一眼刘克豪，忽然眼角就滚出两行泪珠，还没等刘克豪开口，她便说：克豪，我的任务完成了。我要去朝鲜前线。

刘克豪似乎没有听见她的话，抱起刚出生的儿子，在病房里一圈圈地转着，嘴里咕哝着：我有儿子了，二十年后就又是一个战士了。

然后，才扭过头，冲王迎香道：该给孩子起个名字了。

王迎香看着酣睡的儿子说：不用你起，我早就想好了，就叫刘留。

刘克豪有些诧异地看着她。

别这么看我。这名字就是纪念我留守的意思。

行，听你的，就叫刘留。刘克豪笑嘻嘻地把儿子放回到她的身边。

王迎香盯着刘克豪一字一顿地说：孩子生下来了，我的任务也完成了。现在我要去朝鲜。

只要领导同意，我决不拦你。这孩子我带了。刘克豪说到做到，他又一次抱起了儿子，把脸贴在婴儿娇嫩的小脸上。

这一段留守的日子，对王迎香来说真可谓刻骨铭心。营院还是那个营院，却没有了往昔的那份热闹和活力。她每日里坚持来到留守处，说是留守处，也就是一间空荡荡的办公室，院门口有几个士兵在轮流上岗。她大部分时间都会站在窗前，呆呆地望着整个营区。操场是空的，营房也是空的，一群麻雀自在地落在操场上，大胆地欢叫着。她的心和整个营房一样，也是空落落的。

在留守处的墙上，挂了一张朝鲜地图，三千里江山便尽收眼底，上面还被她贴了许多的小红旗。她通过报纸和部队的内部通报，及时地了解着自己部队的动向，然后她就像指挥员一样，根据部队所在位置，贴上相应的红旗。然后，就长时间地站在地图前，想象着硝烟中的战场。

她的肚子越来越大了，后来上楼下楼的，她都得用手托着了。她经常喃喃自语着：孩子，你快点出来吧。你出来了，妈就解放了，就可以去朝鲜打仗，保家卫国。

儿子刘留终于在她的千呼万唤中降生了。她随着儿子出生后第一声嘹亮的哭声，便再也遏制不住地流下了眼泪。

儿子一天天地大了，她赴朝的梦想也在一天天滋长着。正当她满怀信心地争取赴朝时，她得到了一个消息，第一批赴朝的参战部队回国休整了。第二批参战部队又雄赳赳地跨过了鸭绿江，第二次战役已经结束，第三次战役已经打响了。

回国的部队是在一个夜深人静的晚上，悄悄地回到了营区。她从气势上就感受到整整一个军少了一半的人。她拿着一串钥匙，给每一个班开门。轮到有的班时，她喊了半天，也没有人来取钥匙。当她再喊时，队伍里就有人答：五班没人了。有的班甚至仅剩下一名战士，默默地走过去，接过她递过来的钥匙。

她望着眼前的一切，嘴唇颤动着，眼泪噙在眼角，迟迟没有落下。

忽然，她疯了似的跑到军医院，医护人员正忙碌地安置着伤员。她找到医院的政委，一把拉过他，劈头指责道：政委，你没有完成好任务。

政委惊讶地望着她，一时无语。

你们医院没有把我们的伤员抢救回来，这哪里是一个军啊，分明连一个师都不到。

政委的眼圈红了，别过头去：院长，我们尽力了，除了那些牺牲的，伤员我们都带回来了。

她走到一个伤员面前，仔细地辨认着，她认出了五连长，忙拉过他的手，哽着声音说：五连长，我王迎香向你致敬。

五连长的眼睛上缠着绷带，他颤颤抖抖地把手伸向空中：院长吧，我们五连可没丢脸，插入敌后，三进三出。我们回来了，可许多人却再也回不来了。

她把五连长拥在怀里，安慰道：五连长，别难过，等部队休整完，我和你们一起上朝鲜，咱们再杀回去。

她虽然没有经历那场战争，但看到眼前这支残损的部队，她感受到了这场战争的残酷。

她是怀着一种悲壮的心情回到家里的，自从儿子出生后，她就请了保姆，把孩子完全交给了保姆和刘克豪。听到部队要回国休整的消息，她就没日没夜地留在军营里，先是组织留守的战士打扫营院和战士宿舍的卫生，然后又在营院门口扯起了鲜艳的横幅，上面写着：热烈欢迎战友回国。

忙碌让她一连十几天都没有迈进过家门。这天晚上，她终于回了一趟家。

刘克豪见她风风火火地回来，有些吃惊地说：这么晚了，你还回来？

她坐在刘克豪面前的椅子上，表情冷峻地说：刘克豪，我要和你谈一件事情。

刘克豪放下手中的报纸，盯视着她：谈吧，我听着呢。

她坚定地说道：我要去朝鲜。

刘克豪一脸不解地问：你们部队不是已经回国了吗？

这是休整。休整完了，还是要回朝鲜的。

你去不去朝鲜，这是你们领导的事，找我谈什么？

你得给我写份保证书。说完，她从桌子上拿来纸笔，放在刘克豪面前。

刘克豪犹豫着问：现在就写？

现在就写。她已经急不可耐了。

刘克豪握着笔又问：写什么？

你就写绝不拖累我，孩子由你和保姆照顾，你支持我去前线。

刘克豪便照着王迎香的意思，很快写完了保证书。

王迎香把保证书拿在手里，上上下下地看了几遍，觉得万无一失了，才把保证书揣好。

睡觉时，她躺在刘克豪身边，却睡意全无。她望着黑暗，自言自语着：部队出国是一个军，现在剩下的还不到一个师了。

打仗嘛，就得流血牺牲。刘克豪嘀咕着。

看到那么多人流血牺牲，我难受。王迎香哽咽起来。

黑暗中的刘克豪没有说话，只是长出了一口气。

过了一会儿，她发狠道：我再也不当留守人员了，我一定要去朝鲜。

刘克豪对王迎香实在是太了解了，自打两个人认识那天开始，他就知道，她不是个安分的人，这时候对她说什么也没有用，只能顺着她了。想到这儿，他把身体转过来，眼睛看着她说：保证书我不是给你写了吗，我和孩子决不拖你的后腿。放心吧。

刘克豪的话仿佛是一片安眠药，很快她就安静了下来。

就在她似乎要睡着的一瞬，一个激灵，她又醒了。她捅捅身边的刘克豪：马天成抓住了吗？

刘克豪根本就没睡，他答道：马天成是只老狐狸，现在还没有露头，不过放心吧，他跑不了。

第二天，王迎香到了军营，就急三火四地去找军长。

军长经历了朝鲜战争的两次战役后，似乎更加沉稳了，脸上的风霜也似乎又浓了一些。军长看到王迎香，眼睛一亮，上上下下地把她打量了，不等她开口，便表扬起来：留守处的工作你干得不错，生孩子的任务完成了？

王迎香拍拍瘪下去的小腹说：报告军长，王迎香已经完成任务。

军长就笑眯眯地说：好，你又给部队生养了一名好士兵。

军长的话刚说完，她就迫不及待地问：军长，咱们部队什么时候上朝鲜啊？

这要等上级的指示喽！

这时，王迎香拿出刘克豪的保证书，重重地拍在了军长的面前，然后说：孩子我生完了，任务也完成了，下次你没理由不让我随部队出征了吧？

军长看了眼桌子上的保证书，又看了眼王迎香：刘克豪这小子好久没见了，他在忙啥呢？

王迎香赶紧说：他在忙着抓特务。

军长听了，点着头说：好，好啊。我们在前方打仗，他在后方搞稳定。你跟他说，啥时候我去你们家喝两杯，跟他唠唠，我还真想他了。

回国后的部队是忙碌的。为了补充兵源，部队一回国便开始招兵买马。于是，一批又一批的新兵源源不断地被送到了军营。空荡的军营又热闹了起来。操场上，训练时的喊杀声，一浪高过一浪。

王迎香回军医院上班了。虽然身在医院，但只要能和战士们在一起，她就感到踏实和满足。她的脸上又一次挂满了笑容，人也似乎年轻了许多。

在忙碌、充实的日子里，刘留一天天地长大了。因为部队驻在郊区，王迎香只能十天半个月地回来一趟。她每一次回到家里，都欣喜地发现孩子在长大，但很快，看着一天一个样的儿子，她的心又变得沉甸甸的。

突然有一天，当她从保姆的怀里接过孩子时，孩子竟冲她笑了，嘴里咿呀着发出类似“妈妈”的声音。

她惊喜地喊了起来：克豪，他叫我妈妈了。

尽管那一声“妈妈”是那样的含混不清，但她还是感受到了一股强烈的母爱正从心底奔涌而出。她把刘留紧紧地抱在怀里，脸贴在孩子的小脸上，眼泪又一次悄然滚下。

以后，只要她一回到家，孩子的事便不再让保姆插手了，就是睡觉时，也把孩子放在两个大人的中间。

她看着熟睡中的孩子，禁不住喃喃自语：我要是个男人就好了，就没那么多的牵挂了。

部队什么时候走啊？刘克豪看着她和身边的孩子问。

她摇了摇头：还不知道，听军长说是快了。

就在刘留喊出第一声“妈妈”后不久的一天，休整的部队接到了命令。他们将又一次开赴前线。

出发前，王迎香回来了一趟。她把孩子用劲儿地抱了一下，然后狠下心，把他交给了保姆。孩子喜欢被人这样抱来抱去的，他扬着小手，眉开眼笑着。她扭过头去时，刘克豪看到了她眼里的泪水。

就在刘克豪送她出门时，孩子又清晰地喊出一声“妈妈”。

她回了一次头，便大步地走了出去。

一辆吉普车停在门口。上车前，她立住脚，望着刘克豪说：这回算我欠你和孩子的，等我回来，我会加倍偿还。

刘克豪笑一笑，故作轻松地说：什么还不还的。你是个军人，这我懂。

就在她打开车门、准备上车时，她的手停住了。她回过身，忽然就拥抱了刘克豪，然后附在他耳边道：克豪，这辈子我没有嫁错人。我爱你！

说完，就头也不回地上了车。

吉普车在一阵烟尘中驶远了。

刘克豪怔怔地立在那里，这是他第一次被她拥抱，也是第一次从她嘴里听到那句“我爱你”。

吉普车消失了，他才发现脸上湿热一片。

军统特务 001

在医院里开救护车的马天成，只要不出车，就躲在医院门口的值班室里。医院的救护车需要二十四小时有人当班，马天成就和另外一位司机师傅白班、晚班地轮流当班。值班室连着传达室，传达室的门卫是个老人，人称老田头。因为在传达室工作，老田头就眼观六路、耳听八方。日本人在时，他就是传达室的门卫；国民党在时，他还是；现在是新中国了，他仍然负责这家医院的门卫工作。

老田头天生就是一张碎嘴子，一天到晚絮叨个不停。不是说这，就是讲那，想让他那张嘴停下来，比不让他吃饭还难。

因为里间值班室的马天成在，他就多了一个说话的对象。于是，两人就成了一对聊友。

老田头就说：王师傅，听说了吗？三经街那疙瘩，昨天晚上又抓了俩人，听说是日本人的特务，一老一小。听说是小的自首的。

已经改名王宝山的马天成，从来不怀疑老田头的小道消息，许多老田头今天说的事，明天他就在报纸上得到了验证。

现在，他一听到“特务”两个字时，心里就是一惊。此时的沈阳抓出一伙或一股特务，已经不是什么稀奇事了，每过一段时间，医院门口的公告栏里就会贴出政府的告示，也有被抓特务的名单在那里公示，公告下都盖着鲜红的印章，不容人置疑。

马天成每天走到公告栏下都是提心吊胆的，但他越害怕就越想看，越看又越害怕。解放初期的沈阳城围剿特务已经不是什么秘密了，为了发动群众把潜藏的特务抓出来，公安局每破获一起特务案件，都要大张旗鼓地张榜公布。

前一阵，他在公告栏里就看到了尚品的名字。布告上说，这是沈阳市破获的第一起国民党军统特务案件，希望至今仍隐姓埋名的特务，停止一切特务活动，到政府投案自首，坦白从宽。

尚品的落网，让他紧张了好一阵子。那几天，他向医院请了几天病假，躲在家里不敢出门。他时刻觉得说不定什么时候，公安局的人就会上门来抓他。他躺在床上是装病，结果就真的病了，发烧不止。刘半脚给他在额头上搭了凉毛巾，小心地照顾着。

他躺在床上，望着刘半脚担惊受怕的样子，心里一阵难受。他明白，刘半脚是无辜的，一个大字不识的农村女人，自从嫁给她，就没过上几天好日子，跟着他担惊受怕地东躲西藏着。

他犹豫了半天，最后还是说：半脚，我这病是心病，你就别忙活了。

刘半脚怔怔地望着他。他又说：尚品被抓起来了，被抓的还有个女的，是守备司令部的机要参谋林静。

“哗”的一声，刘半脚端在手里的碗就掉在了地上。她面色发青，浑身竟哆嗦起来：老天爷呀，这日子可咋过呀？

刘半脚知道尚品是马天成的上线，以前隔三岔五的，马天成就会去大东食杂店取回尚品寄存的情报。每次取回情报后，他都会在家里呆呆地坐上半天。最初，刘半脚不知道男人为什么发呆，后来才知道男人是在发愁，发愁交给他的任务。台湾命令他们去破坏变电厂或是铁路。这样的任务，仅凭着他现在赤手空拳的，根本无法完成，弄不好还会自投罗网。解放初期的沈阳城，变电厂和铁路都属于城市的要害，有专人守护着，别说让他一个马天成，就是十个马天成，也不一定能搞出名堂。于是，他不能不犯愁地在那儿发呆。

一次，刘半脚看着马天成发呆的样子，就壮着胆子问：天成，你这是咋的了？

马天成就把纸条上的任务说了。

刘半脚拍着腿，压低声音咒道：丧了良心呀，让俺去干这，不是白白送死吗？有能耐你派飞机来炸，用大炮来打呀。

马天成及时地制止了她的咒骂，然后辩解道：我是国军的人，服从命令是天职，以后我的事，你不要瞎掺和。

明知道这样的任务完不成，他还是去了。无论是变电厂、火车道的道口，还是自来水的蓄水池，果真都有人在昼夜值守。他去那里转了转，看一看，上级的指示归指示，行动归行动。气馁的他在回来的路上，见四周无人，拾起路边的石子，朝路灯砸了过去。

后来，刘半脚见马天成愁苦的次数越来越多，便对他说：以后取情报，我替你去。你去的次数多了，会让人怀疑你。

马天成也觉得刘半脚说得有道理，就答应了。最初几次，她都把情报取回来，交给了马天成。马天成看了，就愁苦得要死。她不识字，只能小心地问：又有啥事？

马天成就烦躁地挥挥手，划着一根火柴，把纸条烧了。然后抱着头，躺在床上，冲着天棚发呆。

男人一这个样子，她心里就无着无落的。在这人生地不熟的异地，男人是她唯一的依靠，她不想、也不愿意自己的男人整日这么闷闷不乐，她想要让男人开心起来。只有男人高兴了，她才能高兴。

于是，她再去取情报时，就大着胆子在回家的路上，把那张纸条撕了，然后塞到嘴里，吞了下去。

她一进门，马天成就伸出了手。

什么？她明知故问。

情报呢？

没取到。

马天成立刻变得踏实下来。

没有了情报的骚扰，日子便又是日子了。马天成在心情好一些时，就会和刘半脚聊一些医院的人或事。讲到有趣时，两个人就显得很开心。平日里，因为怕暴露身份，她除了买菜、取情报，几乎就守在家里，活生生像个囚犯。此时的她，内心里顿时生出对自由生活的渴望和向往。

后来，她再去取情报时，就会毫不犹豫地把那张纸条吃到肚子里。

马天成跟她要情报，她就张着手说：哪有情报，有我还不给你？

这样的情形在几次之后，马天成就开始怀疑她了。怀疑归怀疑，但马天成并没有说破。他现在都形成条件反射了，只要情报上给他派了任务，他就吃不香、睡不着的。渐渐地，他开始恐惧那一张张小小的纸条了。

在没有收到情报的日子里，他眼不见、心不烦，然后低着头上班、下班。没有出车任务时，就躲在值班室里，和老田头说会儿话，或者跟自己下一盘棋。刚开始，他是想找老田头下棋，以此来消磨时间，可老田头不愿意下棋，指着自己的太阳穴说：老了，动不了脑筋了，一动，就疼。于是，老田头就剩下天南地北地扯闲篇了。

有时，他对老田头的话不感兴趣，便自己跟自己杀一盘。他一会儿坐在这面走一走，然后又绕到另一边，摆出一个棋子。常常是一个人守着一盘棋，没完没了的样子。

尚品的被捕，着实让他吃了一惊。他病了几天后，终于又摇摇晃晃地去上班了。

外面的阳光依旧，医院里的日子依旧。自从尚品被抓后，他再也没有让刘半脚去过大东食杂店。他知道，去了也是白去。没有了尚品这个上线后，他的日子果然就清静了。他乐意过这样踏实的日子。

时间长了，他偶尔也能仰起脸走路了。他还会经常到老田头的传达室，坐在窗前，与熟悉或不太熟悉的人，打一两声招呼。

他仍然留意着报纸，那是他了解外界信息的一个窗口。他从报纸上看到，朝鲜战争仍在打着，第三次战役结束了，第四次战役又要打响了。特别是看到更为具体的歼敌数量和收复失地的内容时，他的心里就说不清是什么滋味。如果美国人能顺利地把朝鲜拿下来，国民党还可能有机会反攻大陆。但现在看来，这一切都遥遥无期了。大陆似乎铁了心要和美国人在朝鲜打上这一仗了。全国上下同仇敌忾，有钱的捐钱，有力的出力，一定要把美国人赶出朝鲜。这种全民一致的民族大义，更让他感到了无望，甚至是恐惧。

朝鲜战争刚爆发时，他似乎还看到了一点希望，他企盼美国人能打过鸭绿江，帮助国军反攻大陆。让他没有想到的是，美国人离鸭绿江却越来越远，最后竟退到了三八线以南。马天成彻底地绝望了。他和共产党的队伍交手这么多年，深知共产党的谋略，现在共产党又派成批的志愿军到朝鲜，在这场保家卫国的战争中，共产党是不会输的。此时的马天成渐渐地看清楚了眼前的局势。当初他留在沈阳时，还有着一种报效党国的悲壮情怀，随着局势的变化，他的心一点点地凉了。就凭台湾那些残兵败将，想反攻大陆，不过是一个遥不可及的梦罢了。

现在的马天成已经没有任何野心了，他只想平平安安地生活下去。有朝一日，能回老家看上一眼父母，就是他最大的奢望了。

每天到了医院后，他就在值班室一边待命，一边听老田头播报着新闻。老田头手举着报纸说：志愿军、朝鲜人民军，在三八线以南歼敌两个师，取得阶段性战役的胜利。

老田头还说：抗美援朝是一场持久战，是一场人民战争，全中国人民都要投入到这场战争中去。

马天成对这些消息，没有任何兴趣。他坐在值班室的桌子前，桌子上摆着一盘昨天下班时没有下完的棋。他这边走一步，又绕过去，那边走一步。一个人下棋，只能是自己打败自己。

刘半脚这些日子，莫名地有些兴奋。她高兴的是尚品被政府抓了起来，以后她再也不用去大东食杂店取情报了。没有了情报，马天成的日子也就踏实了，每天按时上班、下班的，有时还带着她到院外的马路上转一转。这时候，她的心情是放松的，脸上挂着笑，看什么都觉得是那么的好。

晚上，她揽过马天成的肩膀，脸贴在他的胳膊上，喜滋滋地说：当家的，咱们的日子就这么过吧。这么过日子，俺心里踏实呢。

马天成从鼻子里“嗯”了一声。

这段时光，可以说是两个人相聚以来最美好的。如果不是 007 的出现，他们的日子也许和正常人一样，慢悠悠地过下去。

007 是在一天的傍晚时分出现的。他提着一只帆布包，敲响了马天成家的大门。

门一响，刘半脚就紧张起来。当时两个人正坐在桌前准备吃饭。刘半脚想站起来，腿却抖得要命。现在他们已经习惯了这种平静的日子，往常是很少有人来敲他们家的门的。

马天成看了一眼刘半脚，缓缓地站起了身子，一步步向门口走去。

他在开门前，还虚张声势地问了一句：谁呀？

外面的人说：开了门，你就知道了。

马天成的一只手搭在门把上，微闭了一下眼睛，猛地就把门打开了。

半倚在门上的 007 差点跌倒，他踉跄了一下，站住了。

站在门外的这个人打扮得有些不伦不类，穿着中山装，戴了礼帽，手里提着一只油渍渍的帆布包。

来人似乎对马天成很是熟悉，他先关上了门，然后摘下帽子说：马队长，你看看我。

说完，还在马天成面前转了两圈。

马天成一脸戒备地望着他，不知来人何意。眼前的这个人，他似乎见过，又似乎从来就没见过。

刘半脚终于缓过神来，她颤颤抖抖地从桌子后站了起来，给来人倒了杯水，颤声道：你们坐下说吧。

然后，晃着一双半大的小脚，进了里屋。

来人也不客气，坐到桌前，端起水，咕咚咕咚地喝起来。

马天成仍百般警惕地望着他。这人刚进门时，叫了他一声“马队长”，看来他对自己的过去是熟悉的。此时，他的心又被提了起来。

007 终于说话了：我是中统留在东北的 007，你见过我。可是你不记得我了，我可认识你，军统东北站的马队长。

说完，007 干笑了两声。

眼前这个人生得和他的笑声一样干瘪、苍白。

当来人自报家门，说出是中统的人时，马天成的脑子里快速地回忆着。中统的人是搞地下活动的高手，神秘得很，一直以来很少和军统的人打交道。

007 似乎不想兜圈子了，压低声音，直截了当地告诉他，上面已经知道军统的线断了，台湾来电，让中统直接和他联系。现在的军统和中统要联合起来，为党国效力，自己就是 007。

马天成坐了下来。他看着眼前的人，想说什么，却欲言又止。

007 又开口了：马队长，你让我找得好苦啊！我跟踪你都有大半个月了。以后我负责和你联络，咱们从现在开始，可就是一条绳上的蚂蚱了。

说完，又干硬地挤出两声笑来。

那天晚上，马天成几乎再没有说一句话。007 拎起帆布包，戴上礼帽，将帽檐压得低低的，走到门口时，他回过身，冲送他出门的马天成说：以后，你这里我会常来，不用送了。

说着，把门拉开一条缝，干瘪的身体就从门缝里挤了出去。然后，在外面，反身把门关死了。

007 走后，刘半脚才从屋里出来。显然，来人的话，她已经听清了。她一脸愁苦地望着马天成说：当家的，咱们不和他们掺和了，咱这才过上几天好日子啊！

马天成铁青着脸，盯着屋里的一个角落，此时他的心情是复杂的。尚品被抓，他原以为自己和上级的线就断掉了，没有人再来打扰他。没想到，事情却没有那么简单，他感到有一双无形的手，正牢牢地抓住了他。

刘半脚突然就哭了，鼻涕一把、眼泪一把的，她一边哭，一边说：当家的，这往后的日子可咋过呀？这种提心吊胆，人不人、鬼不鬼的日子，俺是过够了，要不你送俺回家吧。俺不想过这样的日子了，就是让共产党抓住枪毙了，也比这样拿刀剜你的心好受。

别号丧了！马天成拍了一下桌子，本来他的心里就乱七八糟的，听女人这一唠叨，更是烦乱不堪。

女人抽抽咽咽地止住了哭，眼巴巴地望着他，小声嘀咕道：当家的，你说可咋办啊？

马天成也没有什么好办法。

那天晚上，他又一次失眠了。他翻来覆去在床上折腾，躺在身边的女人显然也没有睡着，但她不敢去惊扰他，小心翼翼地缩在一旁。

他迷迷糊糊地想了一个晚上，也没有想出更好的办法。

早晨一走进医院，看见门口的布告栏又贴了一张政府的公告。人们一边看，一边兴奋地议论着什么。他凑过去，发现又是破获特务的内容。公告上仍苦口婆心地劝告藏匿的特务，弃暗投明，争取重新做人。

他低着头走进了值班室。老田头似乎看出了他情绪的变化，尾随着也走进了值班室，伸手在他的头上摸了一下：也不热啊，和老婆吵架了？

他勉强地从脸上挤出一缕笑意：没，就是没休息好。

老田头就哼着小曲，慢悠悠地走了出去。不一会儿，又举着张报纸喊道：王师傅，告诉你点高兴事。

然后，就大声地念起来：公安局反特小组，昨天在皇姑区抓获敌特分子三人，起获两部电台……

他忽然咆哮道：别念了。

老田头就放下了报纸，一脸怪异地看着他。

以后，007 就像一块膏药似的贴上了他，不知何时，就会突然敲响他家的大门。他一听到敲门声，心便乱了。没有办法，他只能站起来去开门。007 幽灵似的钻进来，一进门就变戏法似的拿出一封信。

命令是由 007 宣读的，内容是：尽快进行破坏活动，发展下线，为党国效力。

他听着命令，头都大了。007 每一次走时，都用一种近似威胁的口气说：001，你的成绩可不好，这让我如何向上级汇报。有朝一日，面对党国，你如何交代？

面对这样的质询，他哑口无言。待 007 的背影在他眼前消失后，他恨恨地想：去你妈的党国吧。

007 就像一只令人恶心的苍蝇，赶不走，驱不跑，整天嗡嗡嘤嘤地缠着他，让他不胜其烦。

刘半脚也跟着唉声叹气，日子就又开始愁苦起来。

他现在时常做一些噩梦——不是开救护车时，刹车失灵了；就是公安局的人猛地出现在他面前，向他出示搜捕证。

他在梦里一惊，大叫着，醒了。

刘半脚也被他喊醒，然后，一惊一乍地摇着他说：当家的，当家的，你醒醒。

直到这时，他才彻底清醒过来，发现自己浑身是汗，心仍怦怦地跳着。他用手捂着胸口，说：快，给我水。

喝了几口水后，他的情绪慢慢平复下来，却再也睡不着了。

刘半脚哭哭咧咧起来：老天爷呀，你咋不睁开眼睛，看看俺们啊。俺们这是过的啥日子呀！

第二天，家里的香炉又被供了起来。刘半脚一天到晚地在香炉上燃一炷香，然后跪在那里，默然祈祷。

她长时间地跪拜着，地久天长的样子。有时也会拉着他道：当家的，你也跪一跪，神灵会保佑咱们的。

他没好气地把她的手甩开。这个可怜的女人，就无助地哭了，嘤嘤的，像受气的小媳妇。

看着哀哀哭泣的女人，他的心里有些不忍。这是个死心塌地跟着自己担惊受怕的女人，她这么做，还不是为了自己好？想到这儿，他拉过女人，一同跪在了香炉前。女人嘴里念念有词：神灵呀，保佑俺当家的。俺没有别的要求，就想过踏实的日子。神灵呀，你睁睁眼吧。

听了女人的絮叨，他的眼泪便止不住地流了下来。

007又在一天晚上，一阵风似的飘了进来。

外面正下着雨，雷紧雨急。闪电的白光透过窗子，屋里便多了一层寒气。

007脱掉了雨衣。雨衣像一团烂布似的龟缩在门口的角落里。007额前的头发湿漉漉地滴着水，不等马天成招呼，一屁股坐在了椅子上。

他随手掏出一支烟，刘半脚正要打开屋里的灯，被他挥手制止了。他一脸暧昧地将自己隐在灰暗之中。

马天成坐在他对面的一张凳子上。

007 吐了口烟，用冰冷的声音说：001，上级对你很不满意。这段时间，你可是没有任何作为。

马天成嗫嚅着：我……

不等马天成说下去，他就抬起手，做了个“停”的手势，继续道：看来靠你独立完成任务是办不到了。今天，你跟我去执行一项特殊的任务。

什么？马天成惊慌地抬起了头。

走吧。到时候你就知道了。说完，007 站了起来，走到门口，拎起了角落里的雨衣。

马天成跟在他后面，站在门口，有些犹豫。

刘半脚这时冲了过来，她下意识地抓住马天成喊道：当家的，外面这么大的雨，咱、咱不去了。

007 走过来，掰开刘半脚的手，扭过头，冲马天成道：001，你应该管教一下你的女人。

说完，拉开了门。马天成犹豫一下，还是跨出了大门。一股阴凉的风吹过来，让他浑身一抖。

这时，刘半脚也冲出来，一下子扑在他身上，带着哭腔道：当家的，咱不去，你不能去。

007 回过身，把刘半脚及时地推回了屋。屋里传来了刘半脚的哭声，007 用力把门关上了。他看了一眼马天成道：你这个女人！

然后，他推了一下马天成。马天成跌跌撞撞地向楼下走去。

两个人很快就消失在风雨中。

走着走着，007 忽然停下来，附在他耳边道：你干净不了了。现在公安到处在抓我们，我们决不能坐以待毙。

他跟在 007 身后，脚下一滑，竟跌倒了。他抖着声音问：我们这是去哪儿？

昏暗中，007 咬着牙道：发电厂！今晚，我要让整个沈阳的天都黑下来。

说完，掀开了自己的衣服。一道闪电划过，马天成看到了 007 腰里缠着的炸药。

马天成的身体一阵战栗，他靠在一棵树上，耳畔似乎又响起了刘半脚的哀号：当家的，咱不去——

007 一把抓住了他的领口：你害怕了？你们军统的人都是胆小鬼。告诉你，现在不是鱼死，就是网破。上面已经答应我了，只要把沈阳搞得天翻地覆，就派人把我们接出去，去香港，去台湾，随咱们挑。

马天成只觉得自己的身子很沉，他靠在那儿，身子不停地抖着。

007 突然掏出来一把枪，在马天成的眼前一晃，道：看来你是不想完成任务了？可以。

说着，枪就抵在了马天成的太阳穴上。

马天成闭上了眼睛。突然，他的眼睛又睁开了。他迅速伸出手，抓住 007 的手腕，只一扭，枪就到了他的手上。接着，另一只手掐住了 007 的脖子，身体往前一倾，便把干瘪的 007 扑倒了。

007 在他的身子下“唔唔”叫了两声，身子便一挺。他发疯似的掐着 007 的脖子，一边掐、一边呜咽道：是你逼我这么干的，这都是你自找的，啊——

又一阵雷鸣声中，他哭了。雨水、泪水和着冷汗，一同流了下来。

他不知道自己是如何摇摇晃晃走回去的。一进门，就倒在了地上。刘半脚疯疯癫癫地扑过来，抱住他，一迭声地喊着：当家的，当家的，你咋了？

半晌，他睁开眼睛，望着刘半脚：我把他杀了。

刘半脚便僵了似的怔在那里。

夜里，马天成就发起了高烧，嘴里还不停地说着胡话。

他说：别缠着我，别缠着我。

他还说：杀、杀了你。

他又说：特务，我就是特务……

足足折腾了一个晚上，直到第二天天亮时，他才沉沉地睡去。

刘半脚坐在那里，让他的头枕在自己的腿上。刚开始，她看到他这个样子时就一直在流泪，现在，她已经不再流泪了，目光渐渐变得坚定了起来。她在心里一遍遍地说：当家的，这不人不鬼的日子，俺过够了。

醒过来的马天成睁开了眼睛，他一眼就看到了刘半脚那道刚硬的目光，这种目光让他感到陌生。

她望着他，一字一顿地说：当家的，俺要回家，哪怕看上俺爹娘一眼，让俺死也行。

清醒过来的马天成知道，沈阳是不能待下去了，007的那伙人是不会放过他的。这么熬下去，只能是坐以待毙。他从刘半脚的目光中感觉到，即便是十头牛也不能拉回她了。

回家？他喃喃自语着

当家的，咱回家！

两个人是在傍晚走进沈阳火车站的。他们买了去天津的火车票，然后再从天津坐船到烟台。到了烟台，离家也就不远了。

他走在前面，她扯着他的胳膊，踉跄着跟在后面。

这时，一队巡逻的警察朝这里走过来。他立时低下头，硬着头皮往前走。

一双脚忽然就停在了他的面前。他顺着那双脚抬头看去，就看到了一张既熟悉又陌生的脸。

那人低沉地说了一句：马天成，我找你很久了。

乔、乔副官……

沈阳特务 001，就这样落网了。

尾声或开始

抗美援朝的战争正如火如荼地在鸭绿江另一侧胶着着。一晃，刘留已经两岁了。两岁的刘留已经会说许多话了。他每天都要冲着王迎香的照片喊几遍“妈妈”。那是一张放大的照片，刘克豪把它摆在客厅里最显眼的位置上。

此刻，刘留正站在照片下，歪着头，看着照片上的妈妈在笑。

王迎香离开儿子时，他还不到一岁。在儿子的记忆里，母亲很模糊，看到别人喊妈妈时，他就会去看王迎香的照片。王迎香不时地有信寄回来，信到了刘克豪手里时，那上面满是烟火的痕迹。

从王迎香的信里，可以感受到战争的进程。她在信里说：克豪，你知道吗？第四次战役打得很苦，许多战友都牺牲了，战地医院里挤满了伤病员，看着他们痛苦的样子，我的心都要碎了。

她在信的最后，又写道：克豪，你辛苦了。一定要带好刘留，军长说了，咱们儿子二十年后，又是一名战士。我想念你们……

信纸上有被泪水浸过的痕迹，有些字已经被洇得模糊不清了。

刘克豪每次读着妻子的信，心里都是阴晴雨雪的。王迎香在他身边的日子里，他并没有感受到这份情感的重量，现在，他真实地感受到了。没事的时候，他把刘留抱在怀里，指着照片上的王迎香，告诉他：妈妈是个军人，正在朝鲜打仗……

刘留一边咿呀着，一边手舞足蹈着。

有时，看着妻子的照片时，就陷入了恍惚中。当他想起第一次见到王迎香时的情景，感觉仿佛就像昨天发生的一样，一切都是那么不真实。再低头，看看怀里的儿子，他就生出无名的感叹。

这天，刘克豪正在办公室里开会，突然，一个人进来，朝他耳语：民政局局长带了两个客人要见你。

他知道，民政局局长是当年独立师转业的干部，自己是侦察连连长时，人家已经是营长了。他忙离开会议室，来到楼下的接待室。

老营长背着手，在门口等着他。见了他，便拉过他的手说：看看，今天我把谁给你带来了。

他走进接待室，见里面坐着一男一女两位客人，年龄与自己相仿，却想不起在哪里见过。他把眼睛睁大，又把眼睛眯起来一些，还是认不出眼前的两个人。

老营长就说：你小子好好想想，再想想。

他就用劲地去想，最后还是没有想出来。他求助地望着老营长：我真记不起来了。

老营长就提醒道：他们可是你的媒人呢。

听了老营长的话，他仍是一头雾水。

老营长这才说：乔天朝、王晓凤你还记不记得了？

他一下子明白了，看着眼前的一对男女，他真是百感交集——自己冒名顶替叫了好几年的乔天朝，也正是从那时开始，他的生活就阴差阳错地发生了改变。原来眼前这两个人就是真正的乔天朝和王晓凤。他望着两个人，一时不敢相信自己的眼睛，最后，他终于握住了两个人的手，竟说不出一句话来。

当年乔天朝被独立师俘获后，为了能让刘克豪安全地打进敌人内部，乔天朝一直没有离开独立师。后来，王晓凤也一同被送到了独立师。环境可以改变一切，两个人最终也参加了革命。部队解放徐州后，两个人就同时转业了。

今天是乔天朝到东北出差，说一定要见见老战友，便把妻子王晓凤也带来了。他们见到老营长，说起当年的往事时，老营长突发奇想，就把他们带到了刘克豪面前。

刘克豪那天很高兴，把几个人请到家里，亲自下厨，招待客人。

席间，乔天朝兴奋地举着酒杯说：这一切都是命。我要是一直在军统干下去，现在还不知道在哪儿呢。

听了乔天朝的话，刘克豪猛然也意识到，如果不是冒名顶替打进敌人内部，自己又会有现在这个家吗？这时，他就想起了王迎香，所有的故事，也都是从那一刻开始的。

时间过得很快，朝鲜战争已经接近了尾声，志愿军的高层已经和美国人谈判了。谈判并不意味着战争的结束，时常是这边谈一谈，那边又打起来。但打是为了谈，谈又是为了停火。

已经有些参战的部队陆续地回国了，战争的态度已经很清晰了。后方的部队便相继撤回到了国内，虽然仍在打，战火和硝烟已远没有以往那么浓烈了。

儿子刘留一天天地在长大。刘克豪告诉儿子，妈妈就要回来了。

儿子听了他的话，就每天守在门口张望着，嘴里还一遍遍地念叨着：妈妈，怎么还不回来呀？这么说完了，人却并不离开，努力地踮起脚，向远处望。他希望在自己的视线里，能看到妈妈。妈妈的模样在他的印象里是模糊的，只是客厅里摆着的那一张照片。

每当面前路过穿着制服的女军人时，他都会不由自主地喊一声：妈妈。

那些女军人听到他这样喊自己，就冲孩子温柔地笑一笑，有的还会过来，爱怜地摸摸他的头。他又试探着叫了一声“妈妈”，女军人朝他挥挥手，走了。孩子终于明白，她不是自己的妈妈。接下来，他就更加奋力地踮起脚，使劲向远处望去。

儿子没有张望到妈妈回来，却迎来了民政局局长。

那是个星期天，刘克豪在家休息。他蹲在院子里洗衣服，刘留又站在门口去望妈妈。

他一边向外望，一边和刘克豪说着话。

爸爸，妈妈回家走到哪儿了？

快到鸭绿江了。

江是河吗？

不，江是江，河是河，江比河要宽得多。

儿子忽然有些担心地问：妈妈不会掉水里吧？

不会。妈妈会骑马，她骑马过江。

就在这时，民政局局长出现在了儿子的视线里，儿子就喊：爸爸，有人来了。

民政局长弯下腰，一把把刘留抱了起来。

刘克豪对老营长的突然造访感到诧异，他一边擦手，一边站了起来。他拉着老营长进屋，老营长却停下脚步，望着盆里的衣服说：洗了这么多？

刘克豪笑笑：都攒了一个星期了，老营长屋里坐。今天我下厨，中午咱俩喝两杯。

老营长摇了摇头，坐在了院子里的凳子上。刘克豪见老营长有事要对自己说，就拍拍儿子的头：刘留，去门口等妈妈去。

儿子答应了一声，就跑出去了。

老营长盯着刘克豪，眼睛里就多了层水汽。刘克豪意识到有什么事情发生了，忙说：老营长，有话就直说。

老营长就把随身带来的挎包打开了。他带来了一封血染的信，老营长拿信的手有些抖。

刘克豪接过了那封被血水浸染的信。这是妻子的信，或者可以说是遗书。

妻子在信里说：

克豪、儿子，当你们看到这封信时，我已经牺牲了。我是个军人，牺牲是正常的，千万别为我难过。

克豪，虽然咱们真正在一起生活的时间不长，但我感到很幸福。在朝鲜的日日夜夜里，我一有时间就会想起你和儿子。从我们参加革命那一天起，就盼望着建立一个没有战争的新中国，现在，为了新中国，我来到朝鲜，就是为了保家卫国。

我牺牲了，是尽了军人的职责，我不后悔。告诉儿子，他的妈妈是烈士，是为了国家献出了生命。别忘了，二十年后，儿子又会是一名战士……

刘克豪的眼泪点点滴滴地落在那封血染的遗书上。许久，他抬起头来。

老营长又从挎包里掏出几件遗物，其中有一张被炮火熏黄、发焦的只剩下一半的照片。那是王迎香出发前和儿子的一张合影。

她抱着儿子，大咧咧地冲镜头笑着，儿子却是一副要哭的样子。照片就在那一瞬间，定格了。

老营长低声说：部队上的人说，王迎香同志是在去救护伤员的路上，被敌人的炮弹击中的。

他死死地握着那张被炮火烧焦、只剩下一半的照片。望着照片上的妻子，他仿佛又听到了妻子在说：我要去前线。

刘留在门口喊起来：爸爸，妈妈过完江了吗？

他站了起来，向门口的儿子走去。